戯曲　*Remembrance of Things Past*

失われた時を求めて

マルセル・プルースト 原作

ハロルド・ピンター＆ダイ・トレヴィス 脚色

霜　康司 訳

文芸社

戯曲　失われた時を求めて◎目次

『失われた時を求めて』マルセルプルースト原作、ハロルド・ピンター、ダイ・トレヴィス脚色は、２０００年11月23日、ロイヤル・ナショナル・シアターのコテスロー Cottesloe 劇場にて初演された。キャストは以下の通り。

マルセル	Sebastian Harcomve
フランソワーズ	Bernadette Shortt
母／ナポリ王妃	Julie Legrand
父／コタール医師	Paul Ritter
祖母	Judy Campbell
ペルスピエ／ゲルマント公爵	John Bett
スワン	Duncan Bell
ゲルマント公爵夫人	Diana Hardcastle
カンブルメール／ノルポワ	John Burgess
カンブルメール夫人／ヴィルパリジ侯爵夫人	Jill Johnson
ラシェル	Sophie James
ジルベルト	Beverley Longhurst
シャルリュス	David Rintoul

オデット／サン＝ルー嬢	Fritha Goodey
ヴェルデュラン夫人／ジャーナリスト	Janine Duvitski
ドシャンブル	Matthew Frankland-Coombes
ヴァントゥイユ嬢	Charlotte Randle
アルベルチーヌ	Indira Varma
アンドレ	Hannah Watkins
デルフィーヌ	Anita McCann
ジゼール	Marina Morgan
ロベール・ドゥ・サン・ルー	Bohdan Poraj
ジュピアン	Steven O'Shea'
モレル	Oliver Williams
子ども時代のマルセル	Branwell Donaghey; Rory Copus; Lewis Crutch

他の役は座組のメンバーによって演じられた

Director Di Trevis　*Designer* Alison Chitty

Lighting Designer Ben Ormerod　*Music* Dominic Muldowney

Movement Director Jack Murphy　*Sound Designer* Neil Alexander

Company Voice Work Patsy Rodenburg

第一幕

黄色い壁。[*1]
庭の入り口の鈴の音。
宴会。
大きな騒ぎ声が響く。
沈黙。
ウェイターが軽率にも皿にスプーンをぶつける。
沈黙。
ベッドルームの壁に鋭いノックの音が三回。
ロウソクの炎がゆらめく。
汽車の車輪にハンマーが振り下ろされる音。

*1　フェルメール『デルフトの眺望』に見られる小さな黄色い壁。実際には屋根ではないかと言う人もいる。

コンブレーの庭。

父　スワンは少し遅れているね？　夕食は何時からだ？

ペルスピエ　チャーミングな男だよ、ムッシュ・スワンは。昨日彼の妻を診察に行ったんだ。偏頭痛でね。

父は咳をする。

祖母　マルセルは疲れているようね。

ペルスピエ　夕食に来るのはムッシュ・スワンだけだね？

父　そう、彼だけだ。

沈黙。

ペルスピエ　ふうむ。じゃあ、帰るとするか。ムッシュ・ヴァントゥイユを見に行かないといけないのでね。あまりいい状態じゃないんだ。気の毒だが。

ペルスピエ　そうか。

父　どうやら、娘の友達が一緒にいるらしい。

ペルスピエ　(機嫌悪く) ドクター、あの女のことか?

父　そう、彼女は音楽教師だ。

母　ムッシュ・ヴァントゥイユも音楽教師ですよね。

ペルスピエ　娘さんは女友達に教えて欲しいようだ。実は (声を低めて) もちろん彼女が教えているのは音楽じゃない。ムッシュ・ヴァントゥイユは何も知らないそうだ。

父　(唐突に) おいで、マルセル。ここにおいで。もう何遍も言ったな? もう寝なさい……いや、いや、お母さんと一緒じゃなくていい。お休みの挨拶はしただろ。それで十分だ。大騒ぎしないで。二階へ行きなさい。

マルセルはフランソワーズ*2の方に歩いて行く。庭の鈴が鳴る。
スワン氏がやって来る。

祖母　今晩は、ムッシュ・スワン。

マルセルの寝室。

マルセル　フランソワーズ、ママンにメモを渡してくれる？

フランソワーズ　だめですよ。お客様がいらしているときに、お母様を困らせてはいけませんでしょ？　ね？

マルセル　でもお母様が僕に書いてと言ったんだ。お母様が何か書いて欲しいって。

フランソワーズ　そうね、ムッシュ・スワンがいらしてます。共和国の大統領とも親密な間柄なんですって。それに警視総監やイングランド皇太子とも。御者の話じゃ、王女様たちとも食事をなさるんですって。少なくとも、みんな王女様って呼んで、そんな風に言っています。

マルセルはメモを下に投げ、じっと見ている。

フランソワーズ　多分コーヒーと一緒にお母様にお渡しできるかも。

マルセル　お願い、フランソワーズ、お願い。

フランソワーズ　あまり大切なことが書いてあるようには思えないけど、そんなに大切なの？

庭。

スワン　いつパリへ行くんです？

父　二週間後かな、多分。

フランソワーズがメモを持ってきて、母にそれをこっそりと渡す。

コーヒーカップの下に折りたたんで置かれている。

＊2　フランソワーズ　祖母の看護に献身的な女中。

スワン　そうですか。うちは間もなく出発です。
母　夏が終わってコンブレーを発たなきゃいけないなんて悲しいわ。マルセルにはパリよりここの方がはるかに健康的で、ずっと良いのに。
スワン　どんな具合なんですか？
父　胸がね。気をつけないといけないいんだ。

母がメモを見る。

母、返事はなし。

フランソワーズ退場。

スワン　マルセルが気に入るかもしれない本があります。明日届けます。
母　ご親切にありがとう。
父　君が来る前にムッシュ・ヴァントゥイユについて話をしていたんだ。

彼を知っているか？

スワン　いや、顔を合わせたことはありません。でも彼はあの作曲家と何か関係があるのかな。

父　作曲家？

スワン　ヴァントゥイユ・ソナタを知ってるでしょ？

父　いや。

スワン　知らないのですか？　魅力的な作品です。僕が初めて聴いたのは……もう何年も前になる。

父　ああ、ヴァントゥイユ・ソナタか。そう、そう、そうだった。良い曲だ。

スワン　あの作曲家と何か関係があるのでしょうか。調べてみます。

父　どうだろうか。

フランソワーズが祖母にショールを持ってくる。
スワンは立ち上がり、祖母の手にキスをする。

スワン　さてと、もう遅くなってしまいました。おいとまします。とても楽しい夜でした。ありがとう。

スワン退場。フランソワーズが祖母に手を貸して家の中に入る。

父　あんまり元気そうじゃなかったな。多分奥さん[*3]のせいだろう。あんな女のために自分の人生を投げうつなんてね。彼ならいくらでも好きな女が手に入ったんだ。実際そうだったし。もう寝るかい？

母　娘さんのことを尋ねさせてくれたらよかったのに。彼は娘さんのことを誇りに思っているんだし。

父　娘さんのことを尋ねたら、結局あの奥さんのことも尋ねることになる。そうなると奥さんが君を訪問するということになるだろう。間違いないよ。

父退場。

マルセルが陰に立っており、母の元に走り寄り、しがみつく。

マルセル　ママン。ママン。

母　一体何をやってるの？（ささやいて）ダメよ。自分の部屋に戻りなさい。こんな風にしているところをお父さんに見つかりたいの？

ロウソクの明かり。父が部屋から出てくる。

父　どうしたんだ？

母　お休みのキスをしたいのよ。自分の部屋でね。おばかな子ね。

父　じゃあ一緒に行ってやりなさい。

母　まあ、甘やかしてはダメでしょ。

父　いやいや。かといって病気になったら困るだろ。今晩だけこの子の部屋で寝てやりなさい。（あくびをする）とにかく私はベッドに入るよ。おやすみ。（父退場）

＊3　奥さん　スワン夫人。オデット。元高級娼婦。

マルセル、すすり泣く。

母　止めなさい。止めないとお母さんが泣くわよ。ほらほら。

〈イメージ〉　大人のマルセルが子供のマルセルを哀れんで見ている。

歌う声。

アポリネールの詩による音楽。

Sous le pont Mirabeau coule la Seine.
Et nos amours
Faut-il qu'il m'en souvienne
La joie venait toujours apres la peine

Vienne la nuit sonne l'heure
Les jours s'en vont je demeure.

ミラボー橋の下をセーヌ河が流れ
われらの恋が流れる
わたしは思い出す
悩みのあとには楽しみが来ると

日も暮れよ、鐘も鳴れ
月日は流れ、わたしは残る

Les mains dans les mains　手に手をつなぎ
restons face a face　顔と顔を向け合おう
Tandis que sous　こうしていると
Le Pont de nos bras passe　二人の腕の橋の下を
Des eternels regards l’onde si lasse　疲れたまなざしの無窮の時が流れる

Vienne la nuit sonne l’heure　日も暮れよ、鐘も鳴れ
Les jours s’en vont je demeure.　月日は流れ、わたしは残る

L’amour s’en va comme cette eau courante　流れる水のように恋もまた死んでいく
L’amour s’en va comme la vie est lente　命ばかりが長く
Et comme l’Esperance est violente　希望ばかりが大きい
Vienne la nuit sonne l’heure　日も暮れよ、鐘も鳴れ

Les jours s'en vont je demeure.　月日は流れ、わたしは残る

Passent les jours et passent les semaines　日が去り、月がゆき
Ni temps passe　過ぎた時も
Ni les amours reviennent　昔の恋も二度とまた帰ってこない
Sous le pont Mirabeau coule la Seine　ミラボー橋の下をセーヌ河が流れる

Vienne la nuit sonne l'heure　日も暮れよ、鐘も鳴れ
Les jours s'en vont je demeure.　月日は流れ、わたしは残る

アポリネール詩集『アルコール』（1913）収録［堀口大學訳］

拍手。

一九二二年ゲルマント家最後のパーティ。

マルセルが拍手している。誰もが振り返って彼を見る。皆老人である。

カンブルメール　マルセル、我が友よ。また逢えてうれしいよ。君は病気だったんだろ？　もういいのか？

ゲルマント公爵夫人〔以下公爵夫人〕　マルセル、かわいいマルセル。

マルセル　オリヤーヌ、なんてチャーミングなんだ。いつもそうでしたけど。

公爵夫人　もう何年も、何年も、何年にもなるわね。何年なの？　正確にはいつのことだったかしら？　あなたはどこにいたの？

カンブルメール　君は何年もサナトリウムにいるって誰かが言っていたよ。今でも息苦しくなる発作が起こるのかい？　その、少しは良くなったのか？

マルセル　大して変わりません。

カンブルメール　でもきっと年齢と共に回数が減ってきているだろ。なんにせよ、こうして生きているんだからね。

公爵夫人　あなた、ほんとに変わってないわ。あなたのこと、わからなかったぐらい。私はもう年寄りだけどね。でしょ？　そう、もちろん、私は若くない。あなたが結婚しなかったのは残念ね。でもきっと、それも悪くないかも。息子がいたら戦争で死んでいたかもしれないし。かわいそうな甥のロベールのようにね。今も甥のことを考える。本当によく考える。

マルセル　僕もです。僕もよくロベールのことを考えます。

モレル（ヴァイオリニスト）が部屋に入ってくる。

老人（シャルリュス）がジュピアンに支えられ、部屋中に聞こえるように言う。

シャルリュス　ああ、あれに見えるは偉大な音楽家、偉人様だ。

マルセル　あれは誰？

公爵夫人　私の従兄のメメよ。*4 シャルリュス男爵。メメのことは覚えているでしょ。かわいそうに。彼は会う度に私の義理の母に似てくるわ。ひどい評判があるのよ。それも下男とね。

マルセル　信じられません。
公爵夫人　当然だけど、彼も変わったわ。でも、彼のお連れは変わってない。
マルセル　ああ、ムッシュ・ジュピアン。
公爵夫人　まあ、彼を知っているの？
マルセル　ええ、いやあまりよくは知りません。
公爵夫人　そうでしょうとも。多分あなたはここでは私のただ一人のお友達よ。本当のお友達。私の家で皆さんとお会いになったでしょ？　スワンと最初に会ったのも私の家よね。
マルセル　子供の頃、少しだけお会いしました。
公爵夫人　彼の娘さんもこの部屋のどこかにいるはずよ。ジルベルト。ご存じ？
マルセル　あまりよくは。
公爵夫人　どうしてロベールは彼女と結婚したんでしょう。彼女はロベールのことをこれっぽっちも愛してなかったのに。あの女は尻軽女よ。

＊4　メメ　シャルリュスの愛称。

マルセル　大公夫人はどこですか？　今夜の主催の奥様は？
公爵夫人　そこにいらっしゃるわ。あそこよ。
マルセル　あれは大公夫人ではありません。
公爵夫人　いいえ、あの女よ。彼女は昔ヴェルデュラン夫人と呼ばれていたわ。私の従兄の妻が亡くなったの。ヴェルデュラン夫人が、新しい大公夫人で、私の従兄の妻になったわけ。信じられる？　大公は彼女のお金を重宝しているようだけど。
マルセル　失礼します。すこしご挨拶をしてきます。
公爵夫人　どうぞ。優しいマルセル。いつも病人には優しいものね。
カンブルメール老夫人　オリヤーヌ、アルパジョン侯爵夫人はどうなったの？
公爵夫人　死んだわ。
カ老夫人　違うわよ、オリヤーヌ。あなたはアルパジョン伯爵夫人と混同しているでしょ。
公爵夫人　違うわ。侯爵夫人も死んだわ。一年ぐらい前に。
カ老夫人　でも一年くらい前に私は彼女の家の音楽会に行ったわよ。
公爵夫人　でも亡くなったの。間違いないわ。あなたが聞いてないのも当然よ。

ジルベルト だってとっても平凡な死に方だったから。

ジルベルト[*5] マルセル。驚いた。私をお母さんと間違えたでしょ。みんなそうよ。母もどこかこの辺りにいるけど……忙しいみたいね。

オデットが笑っている。

ジルベルト あなたがこんなパーティで何してるのかわからない。レストランで一緒にディナーを食べない？

マルセル いいよ、もちろん……若い男と二人で食事しても恥ずかしくないならね。

ジルベルト笑う。

マルセル もう老人だ。

＊5 ジルベルト　スワンとオデットの娘。マルセルの初恋の人。

間。

ジルベルト　ロベールが亡くなったことに慰めがあるとしたらまさにそこね。彼は決して年を取らない。

マルセル　そうだ。僕らにとって彼はいつでも若いままだ。

シャルリュス　（大公夫人に）我慢できない。彼らはみんな死んだ。アンニバル・ド・ブレオーテが死に、アントワーヌ・ド・ムーシーが死に、シャルル・スワンが死に、アダルベル・モンモランシーも死んだ。

大公夫人は笑い、片眼鏡をなおす。

大公夫人　ムッシュ・ジュピアン、あの老人がよくなって、とっても感謝してますわ。でもあの人は家に連れて帰ってくれないと。

ジルベルト　信じられる？　今では彼女が私の叔母よ。昔あなたと知り合いだった女性とお友達になったわ。名前はアンドレ。

マルセル　彼女のことは知ってるよ。

ジルベルト　ご主人と一緒にここに来ているはずよ。ほら、あそこ、彼女がモレルと話をしている。今じゃ彼は国立高等音楽学院《コンセルヴァトワール》の理事よ。母にあなたがここに来てるって言うわ。喜ぶから。

やつれた老女がよろめいて現れる。

老女　ハロー。

よろめいて退場する。二人は彼女を見ている。

ジルベルト　フィアクル子爵夫人。コカインのせいよ。

ラシェル[*6]　マルセル。私のこと、覚えてないでしょう。

マルセル　いえ、そんなことありません。

＊6　ラシェル　元娼婦。大女優になる。公爵夫人の友人になる。

ラシェル　じゃあ私は誰？

マルセル　えっと……

ラシェル　教えてあげる。あなたはお友達と一緒に舞台裏にいらしたわ。彼が私に熱を上げていたの。覚えてる？

マルセル　ああ、覚えてます。

ラシェル　かわいそうなロベール。彼は私にこのネックレスをくれたの。彼、私に惚れてたわ。

公爵夫人　ラシェルに会ったのね。ご存じだと思うけど、彼女はパリでも最高の女優なの。近いうちに彼女がラシーヌを朗読するのを聴きに来て。

二人は去ろうとするが、公爵夫人が振り返ってマルセルに言う。

公爵夫人　ああ、ところで、私の夫は七五歳でまた恋[*7]をしてるの。驚くでしょ？　でも私たちはまだ好きあっているのよ。

ジルベルト　叔母のオリヤーヌはチャーミングね。美しいといってもいい。でも精神的に貴族じゃないわ。彼女の夫は私の母にお熱をあげてるの。

いつも母の家にいる。老けてないわよ、うちの母。
マルセル　全くだ。
ジルベルト　みんな母に恋をするの。
オデット　私の横に座って。会えてうれしいわ。あなたは私の最初の夫のこと知ってるわよね？
マルセル　最初の夫？
オデット　シャルル・スワンよ。今はフォルシュヴィル伯爵夫人なの。でもフォルシュヴィル伯爵も死んだけど。あなたはシャルルをご存じでしょ。
マルセル　ええ、子供の頃に、少し。
オデット　あなたは作家でしょ。なら、いい話、いい題材になる話がある。あなた、愛に興味がある？　愛について書く？　それ以外に書くべきことなんか無いものね。私の恋人たちはみんな嫉妬に駆られていた。シャルルも信じられないくらい嫉妬深くて。でも彼はとっても知的

＊7　恋　相手はジルベルトの母オデット。

だった。私、ばかな男は愛せない。だからフォルシュヴィル伯爵は愛せなかった。全く平凡だったし。でもシャルルは愛してた。とても幸せだった。シャルルも自分で何か書こうとしていたみたいだけど、（笑う）でも私に夢中すぎて書く時間がなかった。

ワルツ。

オデット（若い） お茶にいらっしゃいませんか。一度だけでも。
スワン 仕事がたくさんありましてね。フェルメールに関する論文です。
オデット その方のせいで私に会えないんですね。ムッシュ・フェルメールという名前は初めて聞きました。
スワン 画家です。
オデット まあ、すごい。お仕事手伝いましょうか。
スワン いやいや。あなたはお忙しいでしょ。
オデット いいえ、そんなことありません。私、することがないんです。いつでも暇なの。だからもし私に会いたかったら、いつでも呼びに来てください。いつでも暇にしてますから。昼間でも夜でも何時でも。

スワン　お許しください。私は新しい関係を作るのが怖いんです。不幸になるのが。

オデット　愛が怖いのですか？　私は愛を見つけたくて魂でも渡そうというのに、なんて奇妙なこと。以前に誰かがあなたを苦しませたんでしょ。違います？

〈イメージ〉　スワン一人。子供のマルセルが本を読んでいるのを見る。スワンは彼の肩越しに見る。

スワン　そう。フェルメールについてだ。気に入ると思うよ。

ヴェルデュラン家のパーティ。

ヴェルデュラン夫人[*8] 今晩スワンと会うことになっているの。

コタール医師[*9] スワン、スワン、スワンって誰？

ヴェルデュラン夫人 オデットが友達だって言ってた人よ。

コタール医師 ああ、そうそう、そうだった。結婚の仲介ほどおもしろいことはない。

ヴェルデュラン夫人 私はかなりの数成功させてきたわよ。

コタール医師 そうなのかい？

ヴェルデュラン夫人 ええ。女同士でもうまくね。

オデットとスワンが登場。

ヴェルデュラン夫人 ああ、オデット…よく来たわね。

スワン お招き頂いてありがとうございました。

ヴェルデュラン夫人 こちらこそうれしいわ。彼女、かわいくて完璧でしょ？見て、顔を赤らめてる。

ヴェルデュラン パイプに火を付けよう。よかったらパイプをどうぞ。ここでは気楽にして。

ヴェルデュラン夫人　そうよ、主人も言うように、堅苦しいことは抜き、気取らず、もったいぶらず、上品ぶらずにね。あら、あの子が始めるところね。何を弾いてくれるの？

ドシャンブル[*10]　（微笑んで）ヴァントゥイユという男のソナタです。

ヴェルデュラン夫人　いや、だめ。私のソナタは止めて。あれはダメ！　泣けてしまうんだから。一週間寝込んでしまうわ。

ヴェルデュラン　よし、それじゃあアンダンテだけにしてもらおう。

ヴェルデュラン夫人　アンダンテだけね。本当にあなたってすごいことを言う人ね。第九のフィナーレだけとかトリスタンの序曲だけとか言うようなものよ。

＊8　ヴェルデュラン夫人　夫と死別後にゲルマント大公と結婚し大公夫人になる。貴族をこき下ろすが、貴族に相手にされないことを恨んでいる。

＊9　コタール医師　ヴェルデュラン家のサロンの常連。腕は良いがくだらないダジャレばかりを言う。

＊10　ドシャンブル　ヴェルデュラン夫人がひいきにする若いピアニスト。

コタール医師　心配しなくても今回は病気になりませんよ。[*11]もしなっても私たちが介抱します。

ヴェルデュラン夫人　ドクター、約束ですよ。では、身を任せることにしましょう。芸術のせいで病気になります。

オデット　隅の方で座ってますね。

ヴェルデュラン夫人　ムッシュ・スワン、そこはよろしくないわ。マドモワゼル・ド・クレシー[*12]の隣に座ってください。少しそこを空けてちょうだい、かわいいあなた。

スワン　すばらしい椅子ですね。

ヴェルデュラン夫人　ええ、すばらしいでしょ？　あの小さなブロンズ像をご覧ください。いえ、ちゃんと手全体で触ってみて。

コタール医師　ヴェルデュラン夫人がブロンズ像を指で触り始めたら、深夜になるまで音楽はお預けだ。

ヴェルデュラン夫人　静かにして。女性は禁断の喜びだけれど、それでもこれほど官能的じゃないわ。これに勝る肉体の喜びはない。でも、先に進めましょう。ブロンズは後で楽しめるし。よろしく、オーガスト・ドシャンブル。

ドシャンブル　ヴァントゥイユのソナタFシャープです。

ドシャンブルはヴァントゥイユのソナタを弾く。オデットが部屋を横切る。
スワンはどうしようもなく彼女に恋をしている。

オデットがピアノに座っている。

スワン　もう一度弾いて。

オデット　また！　ちょっとしたフレーズだけよ。私ピアノは苦手だし。（彼がキスをする）はっきりさせて。私にこのフレーズを弾かせたいの、それとも私と遊びたいの？

＊11　今回は病気になりません　ヴェルデュラン夫人はバッハ、ドビュッシーなどを聴くと顔面神経痛になる。

＊12　ド・クレシー嬢　オデットのこと。

スワン　この曲は僕たちのものだ。僕たちのテーマ曲だ。（彼女にキスして）美しいと思わないか？

オデット　良い曲よ。

スワン　ボッティチェリの絵画で『エテロの娘』[*13]というのがある。まさに君だよ。彼女は君だ。

オデット　（素早く彼にキスして）やさしいのね。

スワン　君はお金が必要なんだろ。

オデット　まあ、あなた！（かがみ込んでキスをする）

〈イメージ〉　バイカウツギの枝を持っているマルセルからアルベルチーヌ[*14]が走り去る。

アルベルチーヌ　私、バイカウツギは嫌い。

スワンがオデットの胸に付けている花に触る。

スワン　大丈夫だ。怖がらないで。何も言わなくて良い。イエスかノーか示してくれるだけでいい。そうじゃないとまた息切れするから。胸の花を直して、もっとしっかりと結んであげよう。

オデット　いいえ、いいの、ちっともかまわないから。

スワン　いや、喋らないで。君のドレスに多分花粉だと思うけど、ちょっと何か付いている。はたいても良い？　痛くしないからね。ベルベットにしわを付けたくないし。カトレヤの香りをかいだことがないんだ。いいかい？　ねえ、いいかい？

＊13　エテロの娘　モーゼの妻。システィナ礼拝堂の壁画「エテロの娘チッポラ（ゼフォラ）」。

＊14　アルベルチーヌ　貧しい孤児だったが高級官僚のボンタン夫妻に育てられる。マルセルと結婚するが、別居中落馬事故で亡くなる。

オデット　あなた、おかしいわ。でも大好き。

〈イメージ〉　サン＝ルー[*15]が突然記者を平手で何度も叩く。

サン＝ルー　残念ながら、あなたは全く無礼ですね、サー。

スワンがオデットのドアを叩く。沈黙。

スワン　遅くなってごめん。
オデット　今晩はいらっしゃらないはずでしょ？　宴会はどうなったの？
スワン　早めに切り上げてきた。君に会うためだ。
オデット　でも私寝ているの。ひどい頭痛もするし。眠っていたのよ。
スワン　中に入れてくれないか。僕が……楽にしてあげよう。
オデット　あなたは来ないって言ったでしょ。私は気分が悪くて寝てたら、あなたが来たの。真夜中に。

スワン　まだ一一時じゃないか。

オデット　私には真夜中よ。（やさしく）お願い。今はダメ。明日にして。明日の夜。元気になってるから。その方が気分がいいわ。わかった？

〈イメージ〉　ヴァントゥイユ嬢が走って鎧戸を閉じる。

ヴァントゥイユ嬢　いいえ、だめよ。

スワン　オデット、君に聞かなきゃいけないことがあるんだ。

オデット　今？　何？　（彼を見る）嫌な質問なのね、きっと。

＊15　サン＝ルー　ロベールのこと。ゲルマント一族の美貌の貴公子。後にジルベルトと結婚するが、モレルとの倒錯的な関係が明らかに。第一次世界大戦に従軍して戦死。

スワン　僕と知り合いになってから、君は……他の男たちと付き合ったか？

オデット　あなたの顔を見たらそういう類の質問だと思った。いいえ、ありません。ばかね、どうして他の男性を欲しがらなきゃいけないの、あなたがいるのに。

間。

スワン　では女性は？

オデット　女性？

スワン　ヴェルデュラン夫人が一度君に言った言葉を思い出したんだ。「あなたのとろかし方は知ってる。あなたは大理石じゃないわよね」

オデット　その事なら随分昔にも聞いたわよね。

スワン　そうだ……

オデット　冗談だって言ったでしょ、冗談。それだけよ。

スワン　君は彼女としたことは？

オデット　言ったでしょ、ありません！　よく知ってるじゃない。とにかく、彼女はそういう人じゃないの。

スワン 「よく知ってるじゃない」なんて言わないでくれ。「私はヴェルデュラン夫人とそういうことをしたことはないし、他の誰とだってしたことはない」そう言ってくれ。

オデット （機械的に）私はヴェルデュラン夫人とそういうことをしたことはないし、他の誰とだってしたことはない。

沈黙。

スワン 君の首のお守りに誓ってくれるかい？

オデット もう、いやになる！　今日はどうしたの？

スワン お願いだ、君のお守りに誓って、イエスかノーか、君はそういうことをしたことがあるのか？

オデット どういうことなの？　あなたが何を言いたいのかもわからないのに。何よ？　多分何年も前に、そういうことはあった。でもそれがどういうことかも知らなかった。多分、二、三回。忘れたけど。

間。

スワン　正確には何回？

オデット　お願い！（少し間）とにかく、もう随分昔のこと。そんなこと考えたこともなかった。

スワン　じゃあ、とても単純な質問だ。覚えてるよね。誰とだったか覚えてるね。たとえば、最後の時は。

オデットは力を抜き、軽く話す。

オデット　いいえ、知らない。森だったと思う……島のね……ある夜あなたはあのゲルマント一族と食事を取っていた。隣のテーブルに久しぶりに会った女性がいて、彼女がこう言った。「あの岩の背後に回って水に映る月明かりを見ましょう」最初私はあくびをしてこう言った。「いいえ、私疲れてるんで」でも彼女は月光に触れることなんてないでしょって言ったの。私は言った。「やめて。そういう話は聞いたことがあるから」私は彼女が何を欲しがってるかわかっていた。

オデット退場。

スワン 考えてみると私は自分の人生の何年も無駄に過ごした。もう死にたいと思った。私がこの上なく愛した人は私の好みの女性ではなかった。私のタイプではなかったのだ。

一八九五年モンジューヴァンのヴァントゥイユ氏の家。
ヴァントゥイユ嬢とその友達。

友達 そのぞっとする服を替えて欲しいわ。永久にお父様の喪に服すつもり？

ヴァントゥイユ嬢は鎧戸を閉めに行く。

友達　鎧戸を開けておいて。暑い。

ヴァントゥイユ嬢　でも人が見るから。（友達は微笑む）本を読んでたり、何をしてても見えるから。

友達　本を読んでいるところを見られたらどうなの？　誰がそれに異を唱えるの？　（間）あなたの本はどこ？

ヴァントゥイユ嬢　何の本？

友達　本なしにどうやって読書できるの？　おばかさんね。どうせ私は本は読まないけど。考え事があるし。

ヴァントゥイユ嬢　何を考えてるの？

友達はヴァントゥイユ嬢のところまで歩いて行き、キスをする。ヴァントゥイユ嬢は離れるが、友達は彼女を追いかける。ヴァントゥイユ嬢はソファに倒れ、友達はその上に覆い被さる。

ヴァントゥイユ嬢　父が見てる。止めて。

友達は振り返って写真を取り上げる。

友達　あなたの亡くなったお父様にどうすると思う?（ささやく）

ヴァントゥイユ嬢　いいえ、だめよ!

友達　いいえ、するのよ。ほらね。

友達は写真につばを吐く。

〈イメージ〉

アルベルチーヌ　マドモワゼル・ヴァントゥイユのことは、彼女のお友達と同じくらい、よく知ってる。いつもお姉様と呼んでいる。

父　ああ、マルセル、ここにおいで。こちらは外交官のノルポワ侯爵閣下だ。

彼らはお辞儀をする。
ノルポワ侯爵は七〇歳である。

マルセル　こんばんは、閣下。
ノルポワ　こんばんは。お父さんによると、君は文筆で身を立てたいと思っているそうだね？
マルセル　ええ……そうです、閣下。そう思っています、閣下。
ノルポワ　外交よりもいいかね？
マルセル　ええ……そう思っています、閣下。
ノルポワ　お父さんのすばらしい足跡を追いたいとは思わないのかね？
父　マルセルはまだそういう年じゃないんです。まだ最終決定できるような年ではありませんから。

ノルポワ　文筆で驚くほどの成果を上げるには、そうだね、勤勉さと、決意と、志と、さらに自分の限界と能力をはっきりと理解することが必要だろう。さらにもちろん（微笑んで）もしあれば才能もね。たとえば、私の友人の息子が二年前に、「ヴィクトリア・ニアサ湖の西岸における果てしない感覚」を扱った研究を発表した。その後この春に「ブルガリア陸軍における連発ライフル銃の使用」に関する注目すべき辛辣な論文を発表した。全く異なる観点の本だ。彼は今や、まあ、別格だね。彼の名前が好意的に取り上げられているのをたまたま見たが、彼は今や道徳科学アカデミーの候補になっているらしい。

父　ほんとですか？

ノルポワ　もちろん。アジテーターや他人を中傷する連中が成功するのはよくあることだが、彼のように努力する人がちゃんと成功したのはうれしいことだ。（マルセルに）君はどんなことを書いたんだい？

マルセル　閣下？

ノルポワ　何を書いたんだね？

マルセル　何も……残念ながら……まだ実際には書き終えてません。

父が机の上にある紙を一枚取り上げる。

父　これはどうだい？

マルセル　何？

父　お前の作品だ。お前の言う、散文詩だ。マルタンヴィルの鐘をつるした二つの塔についての作品だろ。

マルセル　（驚いて）ああだめ！　だめだ……それは……

父　完成してるんだろ？

マルセル　うん。でも何年も前に書いたものだし、それは……幼いんだ。

ノルポワ　初期の労作から才能のきらめきはわかるものだよ。（父に）よろしいかな？

父　（紙を渡して）どうぞ、どうぞ。

ノルポワ　（それを見て、つぶやく）鐘をつるした二つの塔。

ノルポワが読む。沈黙。ノルポワは読み終えると、顔を上げ、咳払いをし、紙をマルセルに返し、彼を見ている。父は紙を取り、机の上に戻す。

父　では夕食に致しますか？

〈イメージ〉　バルベック。[*16]
アルベルチーヌと少女たちの一群。

祖母　マダム、孫のマルセルです。ヴィルパリジ侯爵夫人[*17]よ。

ヴィルパリジ侯爵夫人　ごきげんよう。あなたのおばあさまとあるお店の玄関でばったり会いましてね。おばあさまがバルベックにいらっしゃるなんて思わなかったから、もうびっくりして。うれしかったわ。ああ、

＊16　バルベック　架空の街。海岸の療養地、カブールがモデルと言われている。
＊17　ヴィルパリジ侯爵夫人　マルセルの祖母の少女時代の学友。ノルポワ侯爵の愛人。

私の二人の甥を紹介させて。正確には甥と、甥の息子。片方が叔父に当たるわけ。でも私はふたりの叔母になるの。シャルリュス男爵[*18]。

シャルリュスはマルセルを見ずに、手袋をした手を差し出す。小指、人差し指、親指を曲げて、二本の指を伸ばしている。マルセルはその指を取る。

ヴィルパリジ侯爵夫人　こちらがサン＝ルー＝パン＝ブレー侯爵。

サン＝ルーは顔も身体も動かさず、眼には表情がない。彼は突然まっすぐに手をのばす。マルセルはその手を取る。

〈イメージ〉　かわいい女の子の一群。

女の子　ああ、彼は私を見たんだと思う。間違いないわ、私を見たのよ。

女の子たちが笑う。

サン＝ルーとマルセルがレストランにいる。

サン＝ルー　文筆に興味を持つ人にはそうめったにお目にかからない。文章を書いて、言葉によって経験を表現しようと苦労している人はなかなかいない。

サン＝ルーはマルセルが答えるのを待っているが、答えない。

サン＝ルー　社交界、不幸にして僕もその一員だが、そこには注意深く洗練された無知しかない。何世紀にもわたって、どうしようもない平凡な精神、見せかけ、行儀作法、傲慢さ、しつけ、そうしたものに隠れて仮

＊18　シャルリュス男爵　愛称はメメ。既にＰ20で登場している。

面舞踏会をしているようなものだ。自分じゃ決してわからないだろうが、態度も外見も萎縮してる。そう、実は彼らは何もわかっていないし、金と地位以外には興味もない。俗物だよ。

ウェイターが給仕する。

サン＝ルー　今夜僕が下男に話しかけたとき、君は批判的な眼をしていたね。

マルセル　ちょっと彼に厳しすぎると思ってね。

サン＝ルー　僕は彼を同僚のように見なしているんだ。どうしてわざわざ丁寧な話し方をしなければいけない？　君は僕が彼に敬意を持って接するべきだと考えているようだが、それは目下の者に対する態度だ。僕は自分の家族のように、彼に接している。ところが君は貴族のような話し方をする！　僕は女優に恋をしているから、家族は激しく反対する。彼女はその小指だけで、他の人が身体全体で感じる以上のことを感じる。けれども、実際のところ、率直に言うが、彼女のせいで僕はおかしくなりそうだ。いつも彼女の夢を見るんだ。昨夜の夢では僕はある家にいた。軍の上官がその家の主人なんだ。僕は彼と一緒に座って酒を飲んでいた。突然、音が聞こえてきて、彼女の音だ……そう……彼女の音だ。誰かが彼女と部屋にいる。彼女の音が聞こえるのに、上官は僕を彼女の部屋に行かせてくれない。なんてばかばかしい夢だ。すぐに戻る。

サン＝ルーが退場。
マルセルがウェイターを呼ぶ。

マルセル　水を頼む。
ウェイター　かしこまりました、バロン。
マルセル　僕はバロンじゃない。
ウェイター　申しわけありません。伯爵。

サン＝ルーが狭い棚沿いに歩いてくる。まるで綱渡りをして歩いているようだ。

喝采。

彼はマルセルにコートを手渡す。

サン＝ルー　少し寒くなってきたようだ。

〈イメージ〉　女の子たちが老人の上を飛び越える。[*19]

女の子　（叫んで）まあ、かわいそうに。この人半分死んでるみたい。

夜。マルセルの寝室。ドアをノックする音。

マルセル　誰？

シャルリュス　シャルリュスだ。入ってもいいかい？　甥によると君は寝る前によくふさぎ込んで、眠れなくなるそうだね。それに君はアナトール・フランス[*20]の作品に感心しているそうじゃないか。実はたまたまここにあった彼の小説を一冊持ってきた。君が読みたいんじゃないかと思ってね、そしたら気分が和らぐだろ。

マルセル　それはどうもご親切にありがとう。でもきっとこの……僕の気分は……夜は馬鹿みたいで。

シャルリュス　そんなことはない。ひょっとすると君という人に大した価値はないかもしれない。価値のある人なんてほとんどいないんだから。でも少なくとも君は若いし、若さはいつもチャーミングだ。しかも君は自分の愛情をお母様[*21]に注いでいる。これは賢明なことだ。誰はばかる

＊19　飛び越える　原作では海岸の音楽ステージの上から、老人をからかって帽子をかすめる。

＊20　アナトール・フランス　1921年ノーベル文学賞受賞。『シルヴェストル・ボナールの罪』『舞姫タイス』『赤い百合』『エピクロスの園』『神々は渇く』など。芥川龍之介が傾倒し、石川淳が訳した。原作ではベルゴットの本となっているがピンター版でフランスになっている。

＊21　お母様　原作でもピンター版シナリオでも「祖母に」となっている。

ことのない愛情で、報いられる愛情だ。そうは言えない愛情の方が多いからね。

シャルリュスは部屋をあちこち歩き回り、物思いにふけっている。

シャルリュス　僕の部屋にもう一冊アナトール・フランスがある。君に持ってこさせてあげよう。

シャルリュスは動かない。二人とも黙って立っている。

マルセル　どうかお構いなく。一冊で十分です。

シャルリュス　まあそうだろうね。

間。

シャルリュス　（唐突に）おやすみ、閣下。

〈イメージ〉　洗濯女たちの集団が服を脱ぎ下着で川に立って、洗濯をしている。アルベルチーヌがその後ろの川の土手にいるのがかろうじて見える。彼女はエクスタシーに身体をのけぞらせている。

アルベルチーヌ　ああ天国みたい……天国みたい……

洗濯女たちが動きを止める。彼女たちの息づかいだけが聞こえる。

声　バーを入れます。バー通ります。

作業灯がパチンとつく。イメージが消え去る……

劇場の舞台裏。裏方が書き割りを動かしている。

今は幕間。マルセルとサン＝ルーが舞台に上がるが、そこは人々がひしめき合っている。男性のダンサーがステージの正面で踊っているが、後ろに移動してピアノを練習用の手すりバールの代わりに使う。二人の記者が舞台に現れる。一人は葉巻を吸っている。

記者　ル・ソワール紙の記者です。こちらはヌーベル・オブザーバトゥール紙。私たちはムッシュ・ボベット[*22]を探しているんです。（通りすがりの裏方に）

裏方　ああはい。彼はすぐに来ますよ。

サン＝ルー　どう思った？

マルセル　ラシェルのこと？　すばらしい存在感だよ。

サン＝ルー　そう。鮮烈だよ。それに美しいだろ？

マルセル　非情に印象的だ。

舞台では作業が続く。

サン＝ルー　すぐにここに来るよ。君にとても会いたがっている。

マルセル　待っている間、聞きたいことがある。
サン=ルー　いいよ。
マルセル　君のおばさん、ゲルマント公爵夫人だが。
サン=ルー　うん。
マルセル　僕のことを馬鹿者だと思ってられるんじゃないかな。
サン=ルー　なんでそんなことを言うんだい？
マルセル　噂だ……それだけだ。
サン=ルー　馬鹿な。彼女に会ったのか？
マルセル　いいや。
サン=ルー　紹介しよう。
マルセル　いつ？
サン=ルー　そう……機会があれば。

一人の男が記者たちに近付く。一人がこう言っているのが聞こえる。

＊22　ボベット　モレルがサン=ルーあての恋文に用いた変名。

記者　我々はムッシュ・ボベットを待っているんです。
サン＝ルー　（マルセルに、あいまいに）書く方はどうなってる？
マルセル　今やってないんだ。

ラシェル登場。

サン＝ルー　（彼女にキスして）ダーリン。すばらしかった。こちらマルセル。マルセル、ラシェルだ。

二人は握手する。

マルセル　おめでとう。
ラシェル　楽しんで頂けた？
マルセル　とっても。
サン＝ルー　君はすばらしかった。

ラシェル　馬鹿言わないで。あんな小さな役なのに、どうやってすばらしくできるの？　次のシーズンは主役をやるつもり。そしたらわかる。

彼らが話をしている間、ラシェルの眼差しはピアノの側で練習するダンサーに注がれている。

サン＝ルー　何を見てるんだい？
ラシェル　ううん？
サン＝ルー　なぜ彼を見てるんだ？
ラシェル　誰？
サン＝ルー　あのダンサーだよ。
ラシェル　私、見てた？

裏方たちが書き割りを動かしているせいで、サン＝ルーとラシェルとマルセルは記者たちに近付く。記者たちは会話に聞き耳を立てている。

ラシェル　見ちゃいけない？　なんてきれいな体をしてるんでしょ。彼の手を見て。

ダンサーはワットーの描いたアルバムのページのように、瞼に厚化粧をし、頬に紅をさしている。ラシェルの言葉を聞いて、彼は手の動きを丁寧に繰り返す。

ラシェル　なんてすばらしいんでしょ。

サン＝ルー　もしやめないなら、すぐに出て行く、わかったか？（マルセルに）君はこんな葉巻の煙の中に立っていられないだろ？　発作が出るよ。

ラシェル　（サン＝ルーに）あら、じゃあ行きなさい。

サン＝ルー　行ったら二度と帰って来ない。

ラシェル　いいわ。

サン＝ルー　君に約束したあのネックレスのこと、覚えているかな……

ラシェル　私を脅そうとしないで。私は金の亡者じゃないんだから。あのネックレスは自分でお持ちになったら。

サン＝ルー　では僕に出て行って欲しいということだね。そういうことか？

ラシェル　彼の手はすばらしいと思わない？

マルセル、咳をする。

サン＝ルー　（記者に）そのシガーを消して頂けないでしょうか。サー。僕の友人は煙に弱いんです。

ラシェル　（ダンサーに）その手は女の人と一緒のときにもよく動くの？　きれいな手。女の手みたい。あなたと一緒に楽しくやれると思うわ。知り合いの女の子と三人でね。

ラシェル退場。

記者　私の知る限り、喫煙を禁止する規則はないと思う。彼はここにいなければいけないのかね？

サン＝ルー　残念ながら、あなたは全く無礼ですね、サー。

サン＝ルーは記者を力強く平手打ちする。

舞台監督が舞台後方を横切って歩き、ベルを鳴らしている。

舞台監督　持ち場について。皆さん。開演です。

記者２　おやまあ、すぐに幕が開くぞ。席に着かなきゃ。

サン＝ルーはマルセルが彼を見ているのを見る。

サン＝ルー退場

シャルリュス男爵の家。夜。

中国風の部屋着を着たシャルリュス。

従者がマルセルを部屋に通し、退く。山高帽が椅子のケープの上に置かれ、

帽子の上が光っている。

シャルリュスが黙ってマルセルを見ている。

マルセル　今晩は。

答えはない。容赦なくじっと見ている。

マルセル　座って良いですか？

沈黙。

シャルリュス　ルイ一四世の椅子に座りたまえ。

マルセルは横にある椅子に唐突に座る。（訳注：舞台には複数の椅子がある）

シャルリュス　ああ、つまりそれがルイ一四世の椅子だと君は言うのか！　君はそれで[*23]十分教養があるつもりか。近いうちに君はヴィルパリジ侯爵

---

*23　十分教養があるつもりか　これは皮肉でマルセルは間違った椅子に座っている。

夫人の膝をトイレだと思い込み、そこで用を足すんじゃないか。

間。

シャルリュス　サー。こうしてわざわざ君に会う機会を作ったのは、私たちの関係が終わりだからだ。

彼はソファの後ろまで手を伸ばす。

シャルリュス　私こそすべてであり、君は何者でもない。率直に言えば私は立派な名士で、それに比べて君は小さな存在なのであるから、当然の如く、まず最初は私の方から君に歩み寄ってやった。なのに私の偉大な行動に対し、君は馬鹿な反応を示した。私のことで他人に嘘をついただろ。中傷を繰り返した。だから、これが君と交わす最後の言葉だ。

間。

マルセル　いいえ、決して。僕は誰にもあなたのことを話したことはありません。

シャルリュス　君の振る舞いを見ればわかるが、君はしつけも、礼儀作法も、感受性もないばかりか、ごく普通のありふれた知性もない。君は私についてでたらめな話を世間に振りまくことで、自分が卑劣だと証明したんだ。

マルセル　閣下、誓って申し上げますが、あなたを侮辱するようなことを私は誰に対しても申し上げたことはありません。

シャルリュス　(極めて激しく)　私を侮辱するだと？　私が侮辱されているなどと誰が言った？　君に私を侮辱する力があるとでも思っているのか？　君は自分が誰と話をしているのかわかってないようだな。君のような小さな紳士たちが五〇〇人ほど寄ってたかって毒のあるつばを吐いたって、私の高貴な足先に届くとでも思っているのか。

マルセルが彼をじっと見て、すっと立ち上がり、男爵のシルクハットをつかんで、それを床に投げつけ、足で踏み、拾い上げ、裏布を引きはがし、上の部分を二つに引き裂く。

シャルリュス　一体どういうことだ？　君は頭がいかれたのか？

マルセルがドアの方に駆けてゆく。シャルリュスが行く手をふさぐ。

シャルリュス　こらこら、子供じみたことはよしなさい。ちょっと戻りなさい。愛する者が懲らしめると言うじゃないか。君を懲らしめたのも、君を愛するからだ。（呼んで）コワニエ。*24

従者が入ってくる。

シャルリュス　この帽子を片付けて、新しいのを持ってきなさい。

シャルリュスとマルセルが立ったままでいる間、従者がばらばらの帽子を集める。

マルセル　おいとまします。

シャルリュス　そうだな。だがもしとても疲れているなら、ここには寝室はたくさんある。

マルセル　ありがとうございます。それほど疲れていませんから。

シャルリュス　確かに君に対する愛情は死んだ。決して蘇ることはない。ヴィクトル・ユーゴーのボアズ*25も言っているように、「私は孤独な男やもめ、私の上に暗闇が立ちこめる」

マルセルは応えない。

*24　コワニェ　シャルリュスの従者。
*25　ボアズ　ヴィクトル・ユーゴーの『眠れるボアズ』。

シャルリュス　覚えておきたまえ。愛情は貴重だ。おろそかにしてはいけない。
来てくれてありがとう。おやすみ。

マルセル退場。

街。
暗闇からジュピアン[*26]が現れる。

シャルリュス　火はあるか？
ジュピアン　もちろん。
シャルリュス　残念だが葉巻を家に置いてきた。
ジュピアン　葉巻ならたくさんありますよ。

〈イメージ〉　シャルリュスとジュピアンがセックスをしているのをマルセルが聞いていてい

る。

暗闇の中マッチに火が付く。

ジュピアン　どうしてそんなふうにあごひげを剃ったんです？　きれいなあごひげが似合うのに。

シャルリュス　きれいなあごひげなんてうんざりだ。なあ。君はあの角で焼き栗を売っている男について何も知らんかね？　いや左じゃない、あれはひどい、もう一人の方だ、色黒の大男だ。

ジュピアン　あなたは冷酷だ。

シャルリュス　ところで、電車の車掌は知らないか？　家に帰る旅の間にお楽しみが必要なんだ。いいかい、それが私の運命なんだ。ときどき、た

＊26　ジュピアン　シャルリュスと同性愛の関係。シャルリュスのために同性愛の売春宿を経営、戦後は車椅子のシャルリュスにつきそう。

とえばカリフが普通の商人の格好をしてバグダッドの街をうろつくように、私も好みの横顔をしたかわいい人の後を付けて行くことがある。彼が市電に乗れば、私もついて行く。彼が列車に乗れば私もついて行く。けれどもしばしばあることだが、夜の一一時に路線の終着駅に着いてしまって、何も成果がないことがある。だから車掌か、それとも寝台車の客室係と知り合いになりたいんだ。そうしたら帰るときに私を慰めてくれるだろう。君が私の仲介役になってくれてもいい！　すばらしい思いつきだ。君は十分私に仕えてくれるだろう。

ジュピアン　これまでと同様に。

シャルリュス　君は感受性も判断力もある男だ。君の顔からそれが輝いている。

ジュピアン　ありがたいお言葉です。

シャルリュスはポケットに手を入れて金を探す。

ジュピアン　いえ。あなたからお金は頂きません。私はそうしたいのです。

シャルリュス　私もだよ。

シャルリュス退場。

街。

ジュピアン （ある男に）彼はいつも優しい。彼が公爵だなんてわからないだろう。

彼らは一緒に歩いて退場する。

〈イメージ〉　バルベックのテラスで女の子たちが一緒に踊っている。

色つきの照明。感傷的な音楽。

マルセル 彼女たちは踊りがうまいですね？

コタール医師 娘たちにあんな習慣を身につけさせるなんて、親は極めて軽率ですな。私は自分の娘をここに来させたりしません。教えてください、女の子たちはかわいいですか？　私はよく見えないんです。また眼鏡を置いてきてしまった。あの二人をご覧なさい。よく知られていないが、女たちは胸から最高の興奮を得るのです。ご覧のように、あなた、あの二人はぴったりとくっつけ合っている。

〈イメージ〉

アルベルチーヌ　したいってわけじゃないの。でもするかも。

ホテルの寝室にいるマルセル。彼は壁の方に行き、躊躇し、ためらいがちに三回ノック[*27]する。間があって、隣の部屋から三回ノックがある。祖母が入ってくる。

祖母　気分が悪いの？

マルセル　いや。ちょっと疲れただけ。

彼はよろよろと椅子に行く。

マルセル　正直に言うと……正直に言う。バルベックにいると母さんが恋しくなると思った。でももう大丈夫だ。いや。ドクターが言ったとおり、ブランデーがいい。全く。もう元気になったから。

祖母は彼のところに行き、額を触る。彼はきつく抱きしめ、祖母の頬にキスする。祖母も彼をだく。

祖母　お立ちなさい。（彼は立つ）そのブーツを脱いで。

マルセル　いや、いいよ。

＊27　三回ノック　隣の部屋の祖母を呼ぶ合図。体調が優れないマルセルのために祖母が世話を焼いてくれる。

祖母　いいの、やってあげるから。簡単なことよ。手を私の方に載せて、このブーツを脱ぎましょう。

跪いて祖母は彼のブーツのボタンを外す。その間彼は祖母をじっと見る。

〈イメージ〉　生け垣の間から、マルセル（子供時代）がジルベルトを見る。彼女は一三歳。彼女は淫らなジェスチャーをする。

オデット　（呼んで）ジルベルト、こちらにおいで。何をしているの？

ジルベルト走り去る。

オデットが後を追い、シャルリュス*28が一緒にいる。

女の子の集団が洗濯物かごをもって走る。敷物。

バルベックの崖の上でピクニック。

デルフィーヌ　サンドイッチをどうぞ。
マルセル　いや。僕はこちらが好きだ。
アルベルチーヌ　それは一体何？
マルセル　チョコレートケーキ。

沈黙。みなむしゃむしゃ食べる。

アルベルチーヌ　あなた本当にサンドイッチが好きじゃないの？
マルセル　あんまりね。

沈黙。

＊28　シャルリュス　スワンと親しく、オデットの愛人との噂もあった。

ジゼール　どう思う、アンドレ[*29]？

アンドレ、微笑む。

アルベルチーヌ　私たちに会う前はあなたはいつも何をしていたの？　一日中意地悪なおばあさんたちとビーチをぶらついていただけ？　私たちは一日中ゴルフをする。もちろん、ゴルフをする人たちってたいていは全くつまらない、退屈な人たちだけど。

間。

アルベルチーヌ　私たちと知り合いになりたかったんでしょ。私たちに興味を持ってるってわかってた。でも実際、アンドレは別にして……アンドレ以外は、みんな本当にお馬鹿なの。もうわかっていると思うけど。みんな子供。でもアンドレは知的よ。そう、彼女はとても賢い。

女の子たちが複雑な鬼ごっこのようなことを始める。
笑い。

アルベルチーヌ　まあ、今何時？　私たちマダム・デュリウとお茶をすることになってるの！
アンドレ　時間はたっぷりあるわ。
アルベルチーヌ　もう行かないと。
アンドレ　私はここにいる。この人と話したいから。
アルベルチーヌ　遅れるわよ。
アンドレ　馬鹿なこと言わないで。
アルベルチーヌ　そう、好きにして。あなたにこのメモをあげる（マルセルにメモを手渡す）みんなおいで。こっちに来て。遅れるわよ。

女子たちが荷物を集め、息を切らせて笑って走り去る。

＊29　アンドレ　老人の頭を飛び越した女の子。アルベルチーヌと関係がある。

マルセル　これ開けてもいい？

アンドレ　どうぞ。

マルセルが手紙を開け、それを読み、アンドレに渡す。

アンドレ　「あなたのこと好き」（その手紙を返して微笑む）彼女は孤児なの。

〈イメージ〉　レア[*30]と彼女のガールフレンドがワルツを踊っている。

アルベルチーヌ　明日の夜あなたのホテルに泊まる。パリに戻る予定。朝始発の電車に乗れるようにホテルに泊まる。もしよかったら部屋に会いに来てもいいわ。

マルセル　うん、よろこんで。

アルベルチーヌ　あなたが好きな髪型にする。こうするのが好きだって言ってたわよね？

祖母が帽子を試着するのをフランソワーズが手伝っている。

フランソワーズ　サン＝ルー侯爵がおばあさまの写真を撮ってくださるんです。とっても喜んで、一番いいドレスをお召しになっているんです。

祖母　これっておかしくない？　侯爵が……

マルセル　つまらない馬鹿げたことに思えるけどなあ。

フランソワーズ　まあ、おばあさまがお召しになろうとしているのはフランソワーズが飾り付けた帽子なんですよ。

マルセル　どの帽子？

＊30　レア　女優。アルベルチーヌと親友で同性愛者。

フランソワーズ　今かぶっておられる帽子です。

マルセルは喋らない。

祖母　気に入らない？

マルセル　とてもエレガントだよ。

祖母　もし止めた方がいいと思うなら……

マルセル　思うようにして。おばあさんの年なら……でも好きなようにおめかししして。

彼は出て行く。

祖母　なんだか病気みたいに見えるわね。ありがとう、フランソワーズ。帽子で隠せる。

サン＝ルーが入ってくる。

サン＝ルー　なんてチャーミングな帽子だ。

サン＝ルーが彼女の写真を撮る。

アルベルチーヌのホテルの部屋。夜。彼女はナイトガウンを着ている。髪は下ろしている。

アルベルチーヌ　寝てたの。ちょっと寒気がして。
マルセル　寒気？
アルベルチーヌ　いいえ、寒くはない。暖かくなった、ありがとう。ちょっと寒気がしていただけ。だから寝てたの。座って。

マルセルが身をかがめアルベルチーヌにキスしようとする。

アルベルチーヌ　やめて。やめないとベルを鳴らす。

彼はキスをし、彼女はベルを鳴らす。

母　マルセル。アルベルチーヌの叔母さんはあなたがアルベルチーヌと結婚すると思ってらっしゃるってわかってる？

マルセル　ああ？

母　あなたは彼女に随分お金をかけているでしょ。あちらにしてみれば、とてもいい結婚と思って当然よね。

間。

マルセル　お母様は彼女のことをどう思いますか？

母　アルベルチーヌ？　まあ、結婚するのは私じゃないから。でももし彼女があなたを幸せにしてくれるなら……

マルセル　僕には退屈な女だ。彼女と結婚するつもりはない。

母　だったら私はあんまり彼女に会わない。

フランソワーズが登場。

フランソワーズ　マドモワゼル・アルベルチーヌがいらしてます。
マルセル　会えないって言ってくれ。
フランソワーズ　私もそう思っていました。あの女の子たちは評判が悪いですから。

〈イメージ〉　ヴァントゥイユ嬢が鎧戸を閉める。

ヴァントゥイユ嬢　いいえ、だめよ。

アルベルチーヌとマルセルがベッドにいる。アルベルチーヌが起き上がり、衣服をたたみ、髪の毛に櫛をあてる。

アルベルチーヌ　行かなきゃ。

マルセル　何？　どうして？

アルベルチーヌ　五時に行かなきゃいけないところがあるの。

マルセル　どこ？

アルベルチーヌ　叔母さんのお友達を訪問しなきゃ。アンフルヴィルにいるの。

マルセル　でもここに来たときにはそんなこと言ってなかったじゃないか。

アルベルチーヌ　あなたを怒らせたくなかったの。彼女は毎日五時に家にいるから遅れられない。

マルセル　でも毎日家にいる人なら、どうして今日行かなきゃいけないんだ？

アルベルチーヌ　私が来ると思ってるから。待ってるの。

マルセル　でも一日くらいどうってことないだろ？

アルベルチーヌ　あの……実はそこで何人か女友達と会う約束をして。その方が退屈じゃないかなって。

マルセル　ああ。つまり僕よりもその退屈な叔母さんと友達といる方がいいってことか?

アルベルチーヌ　女の子たちを二輪馬車に乗せてあげるって約束したの。そうじゃないと彼女たち帰れなくなるから。

マルセル　アンフルヴィルから汽車は夜の一〇時まであるよ。

アルベルチーヌ　そうね、でも夕食を食べて行きなさいと誘われるかもしれないし。

間。

マルセル　わかった。いいよ。新鮮な空気を吸う方が僕の身体にはいいと思うし、君と一緒に行く。馬車に乗るだけだ。家には入らないから。ドアのところまで一緒に行くだけだ。

アルベルチーヌはじっと彼を見て、動かない。

マルセル　本当に新鮮な空気を吸いたいんだ。
アルベルチーヌ　別の方向に行きましょう。その方がきれいよ。
マルセル　別の方向？　でも君は叔母さんの友達に会いに行くんだろ。
アルベルチーヌ　まあ、そんな気にならないし。
マルセル　馬鹿なことを。行かなきゃいけないんだろ。君を待ってるって。
アルベルチーヌ　行っても行かなくても気がつかないわ。明日でも、来週でも
　その次の週でも、いつでもいいの。
マルセル　で、友達は？
アルベルチーヌ　歩いて帰れるわ。健康にもいいんじゃない。

彼は彼女を探るように見る。

マルセル　一緒には行かないよ。
アルベルチーヌ　なぜ？
マルセル　一緒に来て欲しくないんだろ。

アルベルチーヌ　どうしてそんなこと言うの？
マルセル　だって君が嘘をつくから。
アルベルチーヌ　嘘なんかついてない！　ほんと、やめて。私は計画を全部変更して、あなたと二人きりで楽しい夜を過ごせるようにと思ったのに、あなたは私を侮辱するだけ。あなたって残酷。もうあなたには会いたくない。二度と。
マルセル　その方がいいかもしれない。

アルベルチーヌは自分の腕時計を見る。

アルベルチーヌ　だったら……わたしは叔母さんの友達に会いに行く。

彼女は去る。

レアと彼女の友達が踊ってる。アンドレとマルセルがそれを見ている。

マルセル　何を見ているんだい？

アンドレ　あの女性たち。

マルセル　どっちの？

アンドレ　あっちの方。あなたは彼女たちが誰かわかる？

マルセル　いいや。

アンドレ　レアは女優さん。それとその友達。一緒に住んでるそうよ。おおっぴらに。スキャンダルね。

マルセル　ああ……それじゃあ君はそういう類のことになんら共感は感じないのか？

アンドレ　私が？　そういうことは大嫌い。

ヴィルパリジ侯爵夫人が家にいる。水彩画を描いている。マルセルとサン＝ルーが彼女の話を聞いている。マルセルは帽子を膝の上に置いている。他にも様々な人たちが部屋に座って話している。彼らの帽子はカーペットに散らかっている。ゲルマント公爵夫人が一人で座って、集まっている客たちを観察している。

ヴィルパリジ侯爵夫人　ええ、ムッシュ・モレのことはよく覚えています。とってももったいぶった人だった。自分の家なのに手にシルクハットを持って階段を下りて夕食に向かう姿を、今でも思い出します。

マルセル　それは当時の一般的な習慣だったのですか?

ヴィルパリジ侯爵夫人　いいえ、ちがうわ。ムッシュ・モレの習慣だっただけ。うちの父が自宅で帽子を持っていたなんてことはなかった。もちろん王様がいらしたときは別よ。だって、王様はどこにいらしても我が家にいるということになるから、家主でも客間にいる一人の訪問客という立場になるの。

サン＝ルーがあくびをする。

サン＝ルー　外に行ってたばこを吸ってきます。

サン＝ルーは自分の帽子を床から拾い上げ、退場。マルセルは周りを見回して、神経質そうに自分の帽子を床に置く。ゲルマント公爵夫人がマルセルを見る。

従者がシャルリュス男爵の来場を告げる。

ヴィルパリジ侯爵夫人　今日の午後はスワン夫人がいらっしゃるの。ご存じ？

公爵夫人　まあ、本当？　よく言ってくれました。

ゲルマント公爵夫人はマルセルをまた見る。

公爵夫人　こんにちは。ご機嫌いかが？

マルセル　ありがとうございます。マダム。今日は調子がいいです。

従者がファッフェンハイム＝ミュンスターブルグ＝ヴァイニゲン大公[*31]の来場を告げる。

公爵夫人　朝ときどきあなたを見かけるわ。散歩には気持ちいいところですものね。

従者がシャルル・スワン夫人（オデット）の来場を告げる。ゲルマント公爵夫人は腕時計を見る。

公爵夫人　まあ、急がなきゃ。

ゲルマント公爵夫人退場。オデットが入ってくる。一人の老人が立ち、彼女の手にキスをし、また座る。オデットは動いている。

男性　美しい女性だ、ね？　マクマオン元帥[*32]が辞任した日に彼女と寝たよ。

＊31　ファッフェンハイム＝ミュンスターブルグ＝ヴァイニゲン大公　ドイツの首相、あだ名はフォン大公。

＊32　マクマオン元帥（1808年7月13日－1893年10月16日）フランスの軍人、政治家。フランス第三共和政第2代大統領。

寝室。

アルベルチーヌ　何か私に対して意見がおあり？
マルセル　本当のことを聞きたい？
アルベルチーヌ　ええ。
マルセル　評判を聞いたんだ。

彼女は彼をじっと見る。

マルセル　君の生活に関する評判だ。
アルベルチーヌ　私の生活？
マルセル　僕はほんとに嫌なんだ……ああいう悪徳を積んだ女性は。

間。

マルセル　わかってるだろうが、君の共犯者はアンドレだと聞いている。
アルベルチーヌ　誰がそんなひどいことを言ったの？
マルセル　それは言えない。
アルベルチーヌ　アンドレと私はそういう類のことは大嫌い。二人ともそういうのは不愉快なの。
マルセル　そんなことは本当じゃないって？
アルベルチーヌ　誓うわ。（彼のところに行き）誓うから。

彼女は彼の手を取る。

アルベルチーヌ　あなたは馬鹿ね。（彼の手をなでる）アンドレについてそんな話を……（彼の顔に触る）あなたはお馬鹿さん。私はあなたのアルベルチーヌ。（彼の顔をなでる）私が一緒にいてうれしくないの……側にいるのに？
マルセル　うれしいよ。

彼女は彼にキスしようとする。彼の口は閉ざされている。彼の唇の上を彼女の舌がなでる。

アルベルチーヌ　口を開けて。口を開けて、熊さん。

彼女は彼の口を開けさせ、キスして、彼を押し倒す。

〈イメージ〉　ランプの明かりで祖母が読書している。彼女は本を置き、微笑む。

祖母　ハロー、マルセル。

子供のマルセルが彼女の方に駆け寄る。祖母がキスをする。

列車の車輪が叩かれる音。

列車のプラットフォーム。サン＝ルーが犬を連れて待っている。

サン＝ルー　君の電報をもらったところだ。会えて良かった。

マルセル　五分でも会えればいいなと思って。

サン＝ルー　いい思いつきだ。

マルセル　（アルベルチーヌと共に）アルベルチーヌ、ロベールだよ。マドモワゼル・アルベルチーヌ・シモネ。サン＝ルー侯爵。

サン＝ルーがお辞儀をする。

アルベルチーヌ　まあ、なんてかわいい子犬。名前は？

サン＝ルー　雌犬です。ペピ。

アルベルチーヌ　ハロー、ペピ。

マルセル　ヴェルデュラン家[*33]に行くところなんだ。君と一緒に行けなくて残念だ。

サン＝ルー　申し訳ないが、時間があってもごめんだね。あんな雰囲気は頭に来るから。

アルベルチーヌは犬と戯れている。
リードがサン＝ルーの足にまとわりつく。
アルベルチーヌの身体がサン＝ルーをこする。

アルベルチーヌ　ごめんなさい、かわいい犬ね。こっちへおいで、ペピ。

マルセル　どういうこと？

アルベルチーヌ　見て！　このかわいい子犬があなたのすてきな制服に毛を付けてるわ。いやね？　足をご覧なさい。いたずらな子犬ちゃん。

サン＝ルー　ブラシで取れるでしょ。（マルセルに）彼らはセクトだよ。（微笑んで）行儀の悪い小さなセクトだ。自分たちに属している者達は持ち上げ、そうでない者は軽蔑する。僕には合わない連中だ。

笛。

マルセル　行かないと列車に乗り遅れる。

アルベルチーヌ　さようなら、子犬ちゃん。なんて名前だったかしら？

サン＝ルー　ペピ。（握手する）オー・ヴォワール、マドモワゼル。

サン＝ルー退場。アルベルチーヌは手を振る。

マルセル　サン＝ルーにあんな接し方をするなんてどういうつもりだ？

アルベルチーヌ　サン＝ルーに？　なんのこと？

マルセル　身体を押しつけたり、なれなれしく触ったり。何でそんな風にするんだ？

＊33　ヴェルデュラン　富裕なブルジョワ。美術補評論を書いたこともある。妻とサロンを催す。第一次世界大戦中死亡。

アルベルチーヌ　ああ、あれはわざとそうしたの。だって、私とあなたが……親密だって印象を与えたくなかったの。でも、彼になれなれしく触ったんじゃなくて、彼の犬になれなれしく触っただけ。

マルセル　彼がなんて言ったか覚えているか？　雌犬だって。

アルベルチーヌ　まあ。

沈黙。アルベルチーヌは遠くを見る。

マルセル　僕はこんなこと終わりにしなくちゃ。もうおしまいにしておくべきだったんだ。

アルベルチーヌの頭の後ろを見ている。

マルセル　時間の無駄だ。

フリーズ。

〈イメージ〉　スワンがピアノにもたれて見ているが、オデットが以前座っていた場所は空いている。ヴァントゥイユの曲のフレーズが聞こえる。

スワン　考えてみると私は自分の人生の何年も無駄に過ごした。もう死にたいと思った。私がこの上なく愛した人は私の好みの女性ではなかった。私のタイプではなかったのだ。

第一幕終了。

第二幕

ゲルマント家。

ゲルマント公爵*[34]　ああマルセル、来てくれてありがとう。オリヤーヌもすぐに来る。着替えているんだ。マダム・サン・トゥーヴェルトとディナーを取ることになっていて、それから従兄のゲルマント大公のかなり大きなパーティに出席することになっている。夜の一二時までにはここに戻ってきて着替えて、アルパジョン子爵主催の仮装舞踏会に出席しなければならない。私はルイ一一世、オリヤーヌはバイエルンのイザベルに扮することになっている。

従者が登場。

従者　ムッシュ・スワンがおいでになっております、閣下。

スワン登場。

ゲルマント公爵　ああ、シャルル。この若者に会ったことがありますか？

スワンはマルセルを疑い深く見る。握手する。

スワン　ごきげんよう。
マルセル　僕を覚えてくれているなんて驚きです。
スワン　もちろん覚えている。もちろんだ。皆さんはお元気ですか？
マルセル　ええ、ありがとうございます。
スワン　それはよかった。
ゲルマント公爵　シャルル、君は専門家だ。これについて君の意見を伺いたい。

＊34　ゲルマント公爵　名門貴族。シャルリュスの兄。浮気性で第一次世界大戦後はオデットを愛人に。

彼は絵画のところに連れて行く。

ゲルマント公爵　どう思う？　モネの絵二枚とこの絵を交換したんだ。フェルメールかもしれないと思ってね。どうかね？

スワン　難しいですね。

ゲルマント公爵　おいおい、君は専門家じゃないか。君はフェルメールについて本を書いているだろ？

スワン　本と言っても……記事を書いただけです、それもほんの一枚の画について。

マルセル　『デルフトの眺望』[*35]

スワン　そう。

マルセル　黄色い小さな壁。

スワン　そう。

ゲルマント公爵　黄色い壁？　何のことかね？

スワンは突然マルセルが誰であるかわかる。

スワン　マルセル、そうか！　ゆるしてくれ。
マルセル　この世で最も美しい画だと思います。
ゲルマント公爵　私も見たことがあるような気がするよ。ところで、シャルル、（画を指差して）これはどう思う？
スワン　悪い冗談です。
ゲルマント公爵　ああ、そうかね。

公爵夫人が入ってくる。赤いサテンのガウンを着ている。

公爵夫人　シャルル！　マルセル！　なんてうれしいんでしょ。外出しなきゃいけないのが残念だわ。外でディナーを頂くのは退屈よ。死んだ方がましなくらいの夜もある。でも多分、死ぬのはもっと退屈なんでしょ

＊35　『デルフトの眺望』　フェルメールの絵画。

うね。わからないけど。（スワンの帽子を見る）グリーンの革のラインがすてきな帽子。でもシャルル、あなたが持っているとなんでもチャーミングに見える。あなたの着る服も、仰ることも、読まれるものも、なさることも、何でも。それで思い出した。バザン[*36]と私は来年の春イタリアとシシリーで過ごすつもり。あなたもいらっしゃらない？　そうなればとてもうれしいわ。いつもお目にかかれるだけじゃなく、あちらでいろんなものを説明して頂けるでしょ。ね、あなたは何でもご存じだから。

スワン　申しわけないが無理です。

ゲルマント公爵　それは残念だ。

公爵夫人　まだ一〇ヶ月も先のことですのに、無理だなんてどうして？

スワン　私は具合が悪いんです。

公爵夫人　確かに少し顔色が悪いわね。でも、来週って言ってるんじゃなくて、来年のことですよ。

従者が登場。

従者　馬車が玄関に参りました、閣下。
ゲルマント公爵　行こう、オリヤーヌ、遅れるよ。

ゲルマント公爵は行こうとする。

公爵夫人　シャルル、あなたがイタリアに行けない理由を手短に言ってちょうだい。
スワン　（やさしく）来年の春までには私は死んでしまっているからです。医者たちによると私の寿命は後三、四ヶ月らしいのです。
公爵夫人　どういうこと？　何かの冗談？
スワン　冗談だったらうれしいのですが。申し訳ない……でも言えと仰るので……遅れますよ。お引き留めするつもりはありません。
公爵夫人　遅れたってかまいやしません。

＊36　バザン　夫のゲルマント公爵のこと。

ゲルマント公爵　オリヤーヌ、マダム・サン・トゥーヴェルトは八時きっかりにディナーを始めると仰ってたのをよく知ってるだろ。申し訳ない、シャルル、でももう八時一〇分前だし、オリヤーヌは遅れることで悪名高いからね。

公爵夫人　（スワンに）あなたの仰ること、信じられません。でも静かにお話ししましょう。昼食にいらしてね、いつでもご都合がいいときに。話をしましょう。

ゲルマント公爵は突然妻を制止し、じっと見る。

ゲルマント公爵　オリヤーヌ、一体何をやってるんだ！　黒い靴を履いているじゃないか！　赤いドレスだぞ！　二階に行って赤い靴に替えてきなさい、全く！

公爵夫人　でもバザン、遅れるでしょ。

ゲルマント公爵　遅れるかどうかは問題じゃない。とにかく、まだ遅れてない。重要なのは、赤い服に黒い靴じゃあの家に入れないってことだ。

料金受取人払郵便

新宿局承認

1409

差出有効期間
2021年6月
30日まで
(切手不要)

郵便はがき

160-8791

141

東京都新宿区新宿1－10－1

(株)文芸社

愛読者カード係 行

お名前《ふりがな》		明治 大正 昭和 平成 年生 歳		
ご住所《ふりがな》	□□□-□□□□		性別 男・女	
お電話番号	(書籍ご注文の際に必要です)	ご職業		
E-mail				
ご購読雑誌(複数可)		ご購読新聞 新聞		

最近読んでおもしろかった本や今後、とりあげてほしいテーマをお教えください。

ご自分の研究成果や経験、お考え等を出版してみたいというお気持ちはありますか。

ある　　ない　　内容・テーマ(　　　　　　　　　　　　　　)

現在完成した作品をお持ちですか。

ある　　ない　　ジャンル・原稿量(　　　　　　　　　　　　　　)

書　名				
お買上 書　店	都道 府県	市区 郡	書店名	書店
			ご購入日	年　　月　　日

本書をどこでお知りになりましたか?
1.書店店頭　2.知人にすすめられて　3.インターネット(サイト名　　　　)
4.DMハガキ　5.広告、記事を見て(新聞、雑誌名　　　　)

上の質問に関連して、ご購入の決め手となったのは?
1.タイトル　2.著者　3.内容　4.カバーデザイン　5.帯
その他ご自由にお書きください。
(　　　　)

本書についてのご意見、ご感想をお聞かせください。
①内容について

②カバー、タイトル、帯について

弊社Webサイトからもご意見、ご感想をお寄せいただけます。

ご協力ありがとうございました。
※お寄せいただいたご意見、ご感想は新聞広告等で匿名にて使わせていただくことがあります。
※お客様の個人情報は、小社からの連絡のみに使用します。社外に提供することは一切ありません。

■書籍のご注文は、お近くの書店または、ブックサービス(0120-29-9625)、セブンネットショッピング(http://7net.omni7.jp/)にお申し込み下さい。

公爵夫人二階へ上がる。

ゲルマント公爵　（スワンとマルセルに）赤い服に黒い靴だ。

スワン　よく似合ってたと思いますよ。

ゲルマント公爵　そうかもしれんが、あのドレスにはもっと他に合わせるものがある。それははっきりしてる。腹が減って死にそうだ。ひどいランチだったんでね。君の健康のことは、シャルル、医者たちが言うことなんか信じちゃダメだ。君は生きて私たち全員を埋葬することになる。

マルセルがスワンを見る。

〈イメージ〉　ヴェルデュラン家の客たちが静かに導かれて大きな窓を通して日没を見ている。

ラ・ラスプリエール[*37]

コタール　こんにちは。覚えていますか。コタール医師です。おばあさまの手当をしました。残念ながら甲斐はなかったが。いやまあ。

マルセル　（握手して）もちろん覚えてます。こちら、マドモワゼル・アルベルチーヌ・シモネです。

彼らも握手する。コタールはアルベルチーヌを見て、バルベックの彼女をおぼろげながら思い出している。彼は眼鏡をかける。

コタール　そうか、君もついにラスプリエールに来たね。ヴェルデュラン家は社交界でもすばらしい地位にあるからね。彼らは最高の人たちをもてなしている。噂じゃヴェルデュラン夫人の財産は少なくとも三五〇〇万はあるそうだ。三五〇〇万だよ、どう思う？　それにもちろん、芸術に対し大変理解がある。君自身も作家だったよね？　だから君に会えて喜んでるだろう。

ヴェルデュラン夫人　ああ、ここにいらした！

二人は振り返ってヴェルデュラン夫人に挨拶をする。コタールはアルベルチーヌをじっと見ている。

ヴェルデュラン夫人　今晩とてもすばらしい音楽家がいらっしゃるの。主人と私でその方を見いだしたの。お名前はモレル。将来が楽しみな方よ。ただ残念なことに、彼の家族の古いお友達が彼を離さないのよ。だからその御仁にも我慢しなくちゃいけないの。たしか、シャルリュス男爵って名前だったわ。

彼女は振り返って別の客たちと一緒になる。

＊37　ラ・ラスプリエール　バルベックの周辺、カンブルメール家からヴェルデュラン家が借りている景色の良い別荘で、サロンの常連を招いている。

ブリショ*38　（コタールに）ところで聞いたかね？　ドシャンブルが死んだよ。
コタール　そう。肝臓だよ。（マルセルに）ドシャンブルはヴェルデュラン夫人のお気に入りのピアニストだった。まだ随分若かったんだが。
ブリショ　それほど若くもなかったさ。彼は昔、何年も前だがヴァントゥイユのソナタをスワンのために弾いていた。覚えてるだろ？
コタール　そうだったかな。よく覚えてないな。
ブリショ　スワンもかわいそうに。
コタール　スワンがどうかしたのか？
ブリショ　彼も死んだよ、いい男だったが。二ヶ月前くらいに死んだんだ。
コタール　本当に？　誰も言ってくれなかったから。まったく、みんなまるでハエみたいに次々と死んでゆく。

ヴェルデュランが寄ってくる。

コタール　今話していたところですが、ドシャンブルのことは驚きました。まだ若かったのに。

ヴェルデュラン　ああ、でも覆水盆に返らず。彼の話をしても、彼は生き返りません。でしょ？　それにお願いだから、ドシャンブルのことはヴェルデュラン夫人に話さないでくださいよ。神経過敏だから。死んだと聞いたときも、泣き叫びそうになっていた。

コタール　そうだったんですか？

従者　皆様、カンブルメール侯爵ご夫妻です。

カンブルメール侯爵夫妻にヴェルデュラン夫人が挨拶をしているところを皆で見る。

コタール　侯爵ご夫妻？　おやおや。

ヴェルデュラン　そうそう、もうその話はよそう。（マルセルに）この家を夏の間彼らから借りてるんだ。彼らはぞっとするほど退屈だが、一度は招

＊38　ブリショ　パリ大学教授。サロンの常連。

待しておかないとまずいだろ。礼儀上。（カンブルメール侯爵夫妻のところに行く）

コタール　（マルセルに）侯爵夫妻か。信じられんな。ここにみんな集まっている。

従者　ムッシュ・モレルとシャルリュス男爵です。

男爵はマルセルに挨拶する。

シャルリュス　私の若い友人をご紹介しよう、ムッシュ・シャルル・モレルだ。

マルセル　（じっと見て）ムッシュ・モレル。以前にお会いしたことがありますね。*39

モレル　ムッシュ、お間違いになっているのではありませんか。お会いしたことはありません。

マルセル　いえ、確かに。

アルベルチーヌがモレルを熱心に見ている。

マルセル　マドモワゼル・シモネをご紹介しましょう。

アルベルチーヌ　こちらがあのお若い天才ね。いろいろとお伺いしています。

ヴェルデュラン夫人がお待ちになってるわ。

シャルリュス　（アルベルチーヌがモレルに喋っているのを見ているマルセルに）彼は今でも美しい。そして私がこの手で偉大な人物に仕立て上げる。

ヴェルデュラン夫人　（夫につぶやく）ディナーに行くときに私の腕を男爵に差し出してもいいかしら？

ヴェルデュラン　いや、だめだよ。カンブルメールは侯爵、シャルリュスは男爵だ。侯爵の方が男爵よりも上だろ？　多分そのはずだ。テーブルではカンブルメールが君の右に座らなければならない。彼と一緒に行きなさい。

カンブルメール侯爵夫人　ここにいると家にいるみたいで落ち着くわ、当たり前ですけどね。

＊39　「以前にお会いしたことがありますね」モレルはマルセルの大叔父の従者の息子。

ヴェルデュラン夫人　随分改装させて頂いたんですよ、お気づきだと思いますが。この部屋には、変なビロードの椅子があったんで、すぐに屋根裏に押し込めてしまいました。
従者　ディナーのご用意が出来ました。
ヴェルデュラン夫人　（客たちを集めて）皆様、皆様、芸術の中心パルナッソス*40にようこそいらっしゃいました。
コタール　いい家だ、ここは、そう思いませんか？
カンブルメール侯爵夫人　私たちの持ち家です！

客たちはディナーの席につく。
モレルとアルベルチーヌはテーブル越しに熱心にお互いを見ている。マルセルは、モレルを見ているアルベルチーヌを見ている。

コタール　（マルセルに）教えてくれ、マルセル。こういう比較的高い場所に来ると、そのせいで呼吸困難の発作が起きやすくなるかね？
マルセル　いいえ。

カンブルメール公爵　呼吸困難の発作？　誰が発作を持っているのかね？
マルセル　僕です。ときどきですが。
カンブルメール侯爵　へえ、そうなのか？　それはうれしい話だ。いや、私の妹も発作があってね。何年も呼吸困難の発作に苦しんでいるんだ。妹にお仲間がいたと教えてやらなきゃ。きっと喜ぶだろう。

シャルリュスはモレルがアルベルチーヌを見ているのを見る。

ヴェルデュラン　（ささやいて）もちろん、初めて言葉を交わしたときから、あなたは私たちと同類だってわかりましたよ。
シャルリュス　どういうことかな？
ヴェルデュラン　つまり、こうしたちょっとしたことが、どういうことか分かってるということです。私たち芸術家には。
シャルリュス　仰ることがわからないが。

＊40　パルナッソス　ギリシャのパルナッソス山。文芸の中心という意味。

ヴェルデュラン　私たちが侯爵に上座を譲ったことを言ってるんです。侯爵がヴェルデュラン夫人の隣に座っておられる。私自身は貴族の爵位など何の意味もないと思っていますが、もちろん、ムッシュ・カンブルメールは侯爵で、あなたは男爵に過ぎないから……

シャルリュス　失礼ながら、私はブラバン公爵で、モンタルジー家の息子で、オレロン、カランシー、ヴィアレギオ、レ・デューヌの大公でもある。しかし、君は気にしなくてもいい。ここでは、そんなことはちっとも重要じゃない。

シャルリュスはモレルの方に行く。

〈イメージ〉　ディナーの騒々しい声。沈黙。マルセルがアルベルチーヌをじっと見て立っている。

カンブルメール侯爵夫人　（客がディナーのテーブルから立つときに）あの人たち、この家を破壊したわ、完全に冒瀆している。でもちっとも驚かない。引退した商売人に趣味の良さは期待できないものね。要するにそういう人たちよ。

カンブルメール公爵　シャンデリアは気に入ったよ。

カンブルメール侯爵夫人　家賃を上げるべきね。

ヴェルデュラン夫人　（モレルがアルベルチーヌにささやいているのを見つけて）私のモーツアルト、私の若いモーツアルト。今晩お泊まりになってね？　海に面したすばらしいお部屋があるのよ。

シャルリュス　（彼女の方に行き）無理ですな。彼は少年のように自分のベッドに帰って眠らなければならない。従順に、しつけよく。

ヴェルデュラン夫人　（アルベルチーヌを見下して）なんてかわいいドレス。（モレルに）こちらの方のドレス、かわいいですわね？

モレル　魅力的です。

アルベルチーヌ　ありがとうございます。

ヴェルデュラン夫人　あなたもお泊まりにならない？　きっとお気に召す部屋に案内できると思うわ。

マルセル　（前に出て）申し訳ないが、無理です。マドモワゼル・シモネの叔母さまが帰りを待ってられます。

モレル　それは残念。

コタール　レオンチーヌ、[*41]いびきをかいているよ。

コタール夫人　ムッシュ・スワンの話を聞いているのよ、あなた。

ヴェルデュラン夫人　彼女は霊魂と接触しているのよ、ドクター、その上ちょっと疑わしい霊かも。

コタール　スワン！（叫ぶ）レオンチーヌ、しっかりしなさい。

コタール夫人　私のお風呂は気持ちよくて温かいわ。（突然眼を覚まして）あら、まあ、どういうこと？　私何か言ってました？　私帽子のことを考えていたんです。するとすぐに眠ってしまったようで、何だか真っ赤な火が燃えていて。

コタール　（叫んで）火など見えないよ！　今は真夏だ。（従者に）コタール夫人はお帰りになる。（集まった人たちに）彼女は顔が真っ赤だ。

コタールが彼女を連れ去る。

カンブルメール侯爵　若い友人よ、近いうちにわが家に来てくださいよ。妹と発作の話ができるから。妹は間違いなく喜ぶよ。

マルセルはアルベルチーヌを引き離す。

アルベルチーヌ　私はまだ帰りたくないわ。楽しんでいるんだから。

間。

マルセル　モレルについてどう思う？

＊41　レオンチーヌ　コタール医師の妻。

アルベルチーヌ　ああ……あの人が弾くヴァイオリンはきれいなんだって。

マルセル　（鋭く）彼の父親は僕の叔父の従者だった。

アルベルチーヌ　そうなの？　でも、ヴァイオリンはきれいだったってみんな言ってる。

〈イメージ〉　モレルがヴァイオリンを弾く音。
アルベルチーヌとモレルが微笑んでいる。

マルセル　ママン、今から言うことはママンをがっかりさせると思うけど、僕はパリに戻らなければならない。アルベルチーヌを連れて行って、僕のアパートで客人として滞在させるつもりだ。これはどうしようもないことで、どうかそのことで何も言わないで。僕の決心は固いから。

そうしないと生きていけないいんだ……どうしてもアルベルチーヌと結婚しなければならない。

〈イメージ〉　女の子が二人踊っている。

アンドレ　誰がそんな話をあなたにしたのかわからない。これっぽっちも本当じゃない。それに関してはアルベルチーヌと同じ。そういう類のことは大嫌い。

マルセルはアルベルチーヌのスケッチを見ている。

マルセル　すばらしい。
アルベルチーヌ　いや、だめ。描き方を習えたらいいんだけど。
マルセル　バルベックで習っていたじゃないか。
アルベルチーヌ　そうだっけ？
マルセル　ある夜君と会えなくて、君は画のレッスンを受けていたと言っていた。
アルベルチーヌ　ああ、そうだった。彼女はひどい先生だったから、もう忘れちゃった。あの人、どうしようもなくて。

間。

マルセル　ああ、君に聞きたいことがあったんだ……大したことじゃないが……
アルベルチーヌ　何？
マルセル　レアに会ったことがあるかい？

アルベルチーヌ　レア？

マルセル　女優の。

アルベルチーヌ　いいえ、ないと思うけど。なんで？

マルセル　彼女についてどんなことを知っている？　彼女はどんな類の女性？

アルベルチーヌ　全く立派な人よ、私の知る限り。

マルセル　どうも僕の理解じゃそうじゃないんだ。

アルベルチーヌ　私にはわからない。

間。

マルセル　君は僕を信頼している？　君を愛しているのはわかっているよね。

アルベルチーヌ　あなただけを信頼してる。知ってるでしょ。私が愛してることも。

間。

マルセル　君が馬で遠出するのは危険すぎると思う。事故にあったらどうする。

彼女は彼を見てかすかに微笑む。

アルベルチーヌ　もし私が死んだら、あなた自殺する？

〈イメージ〉　祖母が写真を撮ってもらう。

朝、マルセルと隣の浴室にいるアルベルチーヌ。彼女が体を洗いながら調子外れにずっと歌っているのが彼にも聞こえる。

フランソワーズがコーヒーを持ってくる。彼女は立ってぶつぶつ言う。

マルセル　何？

フランソワーズ　（片付けをしながら部屋の中を動いて）あの女のせいで、きっと厄介なことになります。

マルセル　どういうこと？

フランソワーズ　私は四〇年間あなたのご家族といるんです。

マルセル　何の話をしてるんだい？

フランソワーズ　あなたはご両親の気持ちを踏みにじってます。

マルセル　なんだって？　僕の両親はとっても喜んでくれているよ、喜んでるんだ。手紙にもそう書いてある。

フランソワーズは去りながら、声を潜めてぶつぶつ言っている。

マルセル　もういいよ。

〈イメージ〉　スワンがオデットの顔を持っている。彼は彼女をじっと見ている。

マルセル　沈んでいるようだね。
アルベルチーヌ　とっても幸せよ。
マルセル　閉じ込められてるみたいな気がしない？
アルベルチーヌ　だからとっても幸せ。

間。

アルベルチーヌ　明日ヴェルデュラン家を覗きに行くかも。あんまり行きたいわけじゃないけど、行くかもしれない。
マルセル　なぜ？
アルベルチーヌ　この前アンドレと一緒にヴェルデュラン夫人と会ったと言わなかった？

マルセル　いいや。言ってないよ。
アルベルチーヌ　そう？　言ったつもりだった。とにかく、一度お茶に来てって言われて。あんまり行きたいわけじゃないけど、気分転換にはなるかなって。アンドレも一緒にって言われてるの。
マルセル　僕も一緒に行こうかな。
アルベルチーヌ　どこに？
マルセル　ヴェルデュラン家さ。明日、お茶に。
アルベルチーヌ　うん、そうして。そうしたければ。でも今日は霧がひどい。明日までにはきっと晴れるだろうけど。もちろん、一緒に来てくれたら、その方がいい。でも、もしかしたら私行かないかもしれない。このドレスに合わせて白いスカーフを買わないと。多分そうする方がいいかも。

〈イメージ〉　スワンとオデット。

オデット　一体私になんと言えと？　多分二、三回。わからない。

マルセル　君が欲しいって言っていたスカーフは見つかった？

アルベルチーヌ　いいえ。

間。

マルセル　今晩は気分がいいんだ。ゲルマント家かヴィルパリジ侯爵夫人のところに行ってみようかな。長い間外に出てなかったし。君も来る？

アルベルチーヌ　いいえ。今日は髪の具合が悪いから。

マルセル　じゃあ、僕は少し散歩してくる。戻ってきたら君は家にいるよね？

アルベルチーヌ　もちろん。

〈イメージ〉　スワンとアルベルチーヌが同じ動きで舞台を歩き、ステージを横切って去る。

シャルリュスとマルセルがヴェルデュラン家で出会う。

シャルリュス　今夜はきっと思い出深い、歴史的な夜になると保証しよう。君は今自分がどんなことに立ち会っているかわかるか？

マルセル　いいえ。何です？

シャルリュス　ヴァントゥイユの新作の初演をモレルが演奏する。当然君には招待状を送るべきだったのだが、君は病気だと思っていたからね。もうよくなったのかね？

マルセル　ありがとうございます。ええ。新作？　ヴァントゥイユの？

シャルリュス　そう。七重奏だ。

マルセル　でも彼は何年も前に死んでいます。

シャルリュス　その通り。しかし、判読できない、解読不能の原稿をあちこちに残したらしい。ほんの走り書きだがね。長年にわたってそれを研究し、解読しようとしてきたのは誰だと思う？　マドモワゼル・ヴァントゥイユとその悪名高き女友達だ。彼女たちはその恥知らずな行為で父親を死なせ、今度は彼の作品を救い出し、そうすることで彼を生きながらえさせようとしているのだ。いい作品だし、シャルリ*42はすばらしい演奏をするだろう。あの二人の悪名高き女性たちは今日の午後のリハーサルに現れたらしい。モレルもそう言っていたからね。

マルセルは前を見て、動かない。

シャルリュス　今朝からあの悪者に会っていない。今朝あいつは私の部屋に入ってきて、ベッドから引っ張り出そうとした。純粋な悪意だよ。私が寝起きを見られるのが嫌なのを知ってのことなんだ。まあわたしももう二五歳じゃないし、花の冠をかぶっても五月の女王*43に選んでもらえるほどきれいじゃないだろ？　しかし正直なところ、あの子は日々美しくなってゆく。悪者であっても。

マルセル　マドモワゼル・ヴァントゥイユとその友達が……今日の午後にヴェルデュラン家に来ることになっていたんですか？

シャルリュス　来たはずだよ。

彼はマルセルの方に向く。

シャルリュス　君を信用して打ち明けよう。君は作家だ。

マルセル　いいえ、違います。

シャルリュス　いずれそうなる。だから君は複雑で神秘的な人間性に興味を持っている。それに私は君を信用している。なぜかはわからんが。先日モレル宛の手紙をたまたま、いいかね、偶然開けてしまったんだ。

＊42　シャルリ　モレルのこと。シャルルルとも言う。

＊43　五月の女王　メイクイーン。五月祭の女王に選ばれた少女。花の冠をかぶる。

それは女優のレアからだった。誰でも知っているが、あの女は非情に悪名高いレズビアンだ。あまりに下品な言葉だったから、全部を言うのは差し控えるが、こんな言葉が書かれていたんだ。言っておくがモレルに対して書いてあったんだぞ。「あなたはいたずらなかわいい女の子」あるいは「もちろんあなたは私たちの同類よ、かわいいあなた」。その手紙からはっきりわかったが、レアの女友だちも、モレルにぞっこんなんだな。レズビアン達だぞ。私はモレルのことをいつも自分の「同類」だと思っていた。彼が女と寝ても、今だってそうしたいときにそうしていても、私にはどうでもいい。でもこの手紙にあるのは女じゃない。私の言うことがわかるかな？　レアが彼のことを「同類」だと言うとき、それはいったいどういう意味だ？　彼は私の「同類」だと思っていた。モレルが両刀遣いだということはわかっているが、彼はレズビアンでもあるのだろうか？

マルセル　わかりません。

シャルルリュス　つまり、一体どうやって、男がレズビアンになれるんだ？　言い換えれば、彼女たちは何をやってるんだ？

マルセル　わかりません。
シャルリュス　わからなくても驚かんよ。君はこういうことについては全く未経験だからな。

間。

シャルリュス　私の甥のサン＝ルーがスワンの娘ジルベルトと結婚するという話は聞いたかね？　スワンがもし生きていてその目で見たら、さぞ喜んだだろう。かわいそうに。どうした？　顔色が悪いぞ。気分が悪いのか？
マルセル　いや、本当に大丈夫です。
従者　ゲルマント公爵夫人。
公爵夫人　メメ、会えてうれしいわ。もちろんお招き頂いてありがたいんだけど、最近じゃあまり似つかわしくないところにいらっしゃるようね。なんて悪趣味の絵！　この「ヴェルデュラン夫人」ってどこにいらっしゃるの？　お話しする必要は無いわよね？　明日の新聞に私の名前を出されないといいんだけど。そんなことになると、誰も私と話してくれなくなるから。

シャルリュス　今夜の招待状は私が出させて頂きました。ヴェルデュラン夫人は、八百屋や洋服屋や肉屋の知り合いだとか、シャンゼリゼのトイレにいる女性なら、パーティに誘えるんですがね。今夜は社交界でも最高の皆さんに集まって頂き、モレルの演奏を聴くことになっています。

二人の若い男が登場。二人とも背が高く、痩せていて、金髪である。従者も若い。

従者　フォワ大公。

シャルリュス　ほらごらん？　ビビまで来ている。

フォワ大公が部屋の中まで入ってくる。

従者ともう一人の若者が当然目を合わせてお互いを認識する。従者の目は開いている。

従者　どうも……

若者はすぐに眼を閉じる。

従者　（低い声で）お名前は、閣下？

若者　（すぐに）シャーテルロー公爵。*44

従者は部屋の方に向いて、誇らしげに言う。

従者　シャーテルロー公爵殿下。

シャルリュス　アントワーヌ、あの子供が。

＊44　シャーテルロー公爵　男色家。この従者には以前シャンゼリゼで声をかけている。

ヴェルデュラン夫人が登場。

ヴェルデュラン夫人　（ヴェルデュランに小声ではあるが怒って）私が主催者よ。ここは私の家よ。あの人はそれを忘れてるんじゃないの。もう我慢ならないわ。

マルセル　申し訳ありませんが、マドモワゼル・ヴァントゥイユはここに来られることになっているんですか？　お友達と一緒に。

ヴェルデュラン夫人　電報がありましてね。田舎にいらして来られないとのことでした。

彼女は夫を脇に引き寄せる。

ヴェルデュラン夫人　あの男についてモレルは真実を知るべきよ。私たちがそれを教えてあげるべき。あなたが彼に話をしないと。あの男爵についていて警告してあげなきゃ。それが私たちの義務です。

ヴェルデュラン　そうだね。しかし演奏の後にしよう。

ヴェルデュラン夫人　私は人生を芸術に、音楽に捧げてきた。あの怪物から彼を救わないといけないわ。

マルセル　ところで女優のレアは今夜ここに来るんでしょうか？

ヴェルデュラン夫人　いいえ。

大公とシャーテルロー公爵がゲルマント公爵夫人の手にキスをし、彼女の隣に座り、シルクハットを足下の床に置く。

ヴェルデュラン　紳士の皆様、床に帽子をおくべきではないと思いますよ。誰かが踏んでしまうかもしれませんから。

フォワ大公はヴェルデュランをじっと見る。彼の目は突き刺すようで、とても冷たい。ヴェルデュランは言葉に詰まり、去る。

フォワ大公　（シャーテルロー公爵夫人に）あの男は誰です？　今私に話しかけてきた人物は。

シャーテルロー公爵夫人　ちっともわからない。

彼女はシャーテルロー公爵の方に向く。彼は眼を閉じて座っている。

シャーテルロー公爵夫人　あなたとっても青白い顔をしているわよ、シャーテルロー。具合悪いの？

シャーテルロー公爵　花粉症だ。

従者　（会場に）ナポリ王妃殿下。[*45]

全員が振り返る。シャルリュスが前に出る。王妃は彼にキスをする。

王妃　我が従兄よ。

シャルリュス　我が従妹よ。

王妃　今夜の主催の奥様に会わせてくださる？

シャルリュス　主催の奥様？　もちろん、もちろん。ご紹介させて頂きます。こちら、マダム・ヴェルデュラン、今夜の主催の奥様です。

王妃　お招き頂いてありがとう。それもこんなめでたい夜に。お目にかかれてうれしいですわ。

ヴェルデュラン夫人　驚きましたわ、王妃様。楽しんで頂けると光栄です、私の……口はばったいですが「音楽の殿堂」でございます。

王妃　とてもかわいい殿堂だこと。

シャルリュスが貴賓席まで王妃を連れて行く。

ヴェルデュラン夫人（ヴェルデュランに）なんて飾り気のない、気取りのない方なんでしょ。あれこそ本物の王族ね。ここにいる他の成り上がり者とは大違いだわ。真実が明るみに出たら、ここの貴族の半分は警察沙汰よ。

---

*45　ナポリ王妃殿下　実在の人物（１８４１－１９２５）。地位を失い不如意の生活を送る。

コンサートの開始に備えて招待客たちは席に着く。

沈黙。

客　この作曲家の名前をいつも忘れるんだ。誰でしたっけ？

シャルリュス　お静かに！

〈イメージ〉　モレルが演奏する。髪の毛が彼の額にかかる。

ヴァントゥイユの曲を聴くスワンの恍惚感が、マルセルに乗り移る瞬間。

王妃　（シャルリュスに）メメ、ほんとにうっとりするわ……それに奥様、あなたもご自分の役割を見事に果たされましたね。あなたの名前は歴史に残ることになるでしょう。（モレルに）よかったわよ、ムッシュ。

王妃退場。

ヴェルデュラン夫人　（ヴェルデュランに）言ったでしょ？　なんて飾り気のない、気取りのない方なんでしょ。

公爵夫人　本当に、メメ、あなたは立派ね。あなたなら、たとえオペラを馬小屋や化粧室で上演したとしても、完璧にチャーミングに作り上げるんでしょうね。ところで、ムッシュ・ヴェルデュランはいらっしゃるの？

招待客たちがシャルリュスに集まってお祝いを言う。「あれはもちろん難曲だ」「パラメード[*46]には感謝しなければならない。本当に苦労したんだから」

＊46　パラメード　シャルリュス男爵のファーストネーム。

ヴェルデュラン夫人　（ブリショに）あの男は汚らわしいわ。一緒にたばこを吸おうとかいってこの部屋から連れ出して。そしたら私と夫が若者に、地獄が足下に口を広げて待っているって警告するから。

シャルリュス　さて！　ご満足頂いたかな？　当然でしょう。ナポリ王妃、タオルミーナ大公夫人、バイエルン王弟殿下、最も古い家柄の三人の大貴族、無数の公爵夫人たちがいらっしゃり、ゲルマント家の義理の姉オリヤーヌ公爵夫人まで来てくれた。もしもヴァントゥイユがマホメットなら、我々は彼のところに最も動かしがたい山を動かして持って行ったと言える。シャルリはどこだ？

ブリショ　他の楽団員と一緒にいる。

ヴェルデュラン夫人　ナポリ王妃が扇をお忘れになった。

シャルリュス　そうだ。すぐにそれとわかる扇だ。醜悪な扇だけに王妃の貧しい境遇[*47]が胸を打つ。シャルリは神々しい演奏をしたな。デュラス公爵夫人までも魅了されていた。そう伝えてくれと私に頼まれたほどだ。

ブリショ　男爵、ちょっと外でたばこを吸いましょう。大仕事の後だから一息つかれてもいいでしょう。

シャルリュス　その通りだ。なんていい夜だ。本当にうまくいった。彼の演奏は神のようだったと思わないか？　君は気づいたかね、彼の美しい髪の毛が乱れて、額にかかっただろ？　あの髪の毛を見て、まるで音楽を理解しないナポリ王妃*48も気づいたんだ。今やってるのはポーカーじゃなくて音楽だってね。

ヴェルデュラン夫人　（モレルに）とっても大事なお話があるの。これ以上こんな状況には一瞬たりとも我慢できないでしょう。

モレル　なんです……なんのことをおっしゃってるのか？　どんな状況に我慢するというのですか。

ヴェルデュラン夫人　あの腐った人物の嫌らしい乱交にこれ以上我慢してはいけません。誰もあんな人を家に招かない。あなたは国立高等音楽学院《コンセルヴァトワール》でも話題になっている。もう一ヶ月でもこんな生活を続けていると、

---

*47　王妃の貧しい境遇　このころ王妃は馬車も持たず、乗り合いの辻馬車を利用しているという話が小説にある。

*48　ナポリ王妃　この戯曲では「ナポリ王妃」となっているが、プルーストの原作でもピンター版のシナリオでも「タオルミーナ大公夫人」となっている。

芸術家としてのあなたの未来はぶちこわし。

モレル　でも私は……驚いたな……私は……誰もそんなことを言ってくれないので。

ヴェルデュラン夫人　じゃああなたは珍しい人。でも彼の評判は最悪。真っ黒。牢屋に入っていたこともあるらしいし、警察が昼も夜も見張ってる。経済的にもあの人はあなたの役に立たない。パリ中のごろつきから脅迫されてるんだから。

モレル　そんなこと……疑ってもみなかった。

ヴェルデュラン夫人　世間の人たちもあなたに後ろ指を指して物笑いにし始めてるのを知ってた？　これから先の人生が汚れる前に、こういった汚れは落としてしまわないと。

ヴェルデュラン　君の人生と

ヴェルデュラン夫人　経歴が

ヴェルデュラン　台無しになる前に。

モレル　ええ、そうですね。

ヴェルデュラン夫人　彼はあなたの友達の振りはするけれど、あなたのことを侮辱して語ってるわ。

ヴェルデュラン　先日誰かが彼にこう言ったんだ。「君の友人のモレルはすばらしいと思うよ」すると彼はなんと言ったと思う？

ヴェルデュラン夫人　「私の友人だと？　我々は階級が違うんだ、彼のことは私の子分とでも言うべきだ」

ヴェルデュラン　「召使い」と言ったと言う人もいる。はっきりはわからんがね。

ヴェルデュラン夫人　でもはっきり言ったのは、それに続けてこう言った。あなたの叔父さんは従者で、下男だったって。

モレル　何だって？

シャルリュスとブリショが戻ってくる。

シャルリュス　シャルリ！　さて、勝利の後どんな気分だね？　栄光に包まれた気分はどうだね？

ナポリ王妃が扇を探して入ってくる。

モレル　放っておいてくれ！　俺に近付くな！　お前のことは何もかも知ってるぜ！　お前はこうして何人も堕落させたんだろ！

シャルリュスは黙って立ち、困惑している。

沈黙。

モレル　変態！

シャルリュスは他の者達を見る。誰も動かない。

シャルリュス　（ほとんど聞き取れない声で）何があった？

彼は倒れそうになり、椅子につかまる。

王妃　ご気分が優れないようね、我が従兄。私の腕に寄り添って。この腕はかつてガエタ湾で卑しい者どもを鎮圧したこともございます。これからは城壁となってあなたにお仕えしましょう。

シャルリュスは彼女の腕をとる。二人はゆっくりと部屋から出て行く。ヴェルデュラン夫妻とモレルは彼らをじっと見ている。マルセルも見ている。

舞台が片付けられ、アルベルチーヌが読書している姿が現れる。

マルセル　どこに行ってきたと思う？　ヴェルデュラン家だ。

彼女は本を投げ下ろす。

アルベルチーヌ　そんなことだと思った。

間。

マルセル　なぜそんなに嫌がる？
アルベルチーヌ　嫌がる？　どういうこと？　あなたがどこに行こうとどうして私が気にしなきゃいけないの？　私には関係ないんだし。マドモワゼル・ヴァントゥイユはそこにいらした？

彼は腰掛ける。

間。

アルベルチーヌ　七重奏はどうだった？
マルセル　どうして七重奏のことを知ってるんだ？
アルベルチーヌ　みんな知ってる。秘密じゃないもの。
マルセル　僕は知らなかった。

間。

アルベルチーヌ　モレルの演奏はよかった？
マルセル　君はモレルと連絡を取っているのか？
アルベルチーヌ　連絡？　彼のことほとんど知らない。
マルセル　じゃあどうして七重奏のことを聞いたんだ？
アルベルチーヌ　きっとアンドレが言ってくれたんだと思う。彼女はモレルのことをよく知ってるみたいだから。

間。

マルセル　ヴァントゥイユの曲はすばらしかった。めったに……味わえないような幸福感に浸ったよ。

間。

マルセル　レアがいたよ。女優の。
アルベルチーヌ　珍しいわね。

マルセル　彼女はモレルの友達だ。

アルベルチーヌ　そうなの？

マルセル　彼女が君によろしくって。

アルベルチーヌ　ほんとに？　おかしいわね。私彼女のことほとんど知らないのに。去年彼女のお芝居を一度見に行って、その後楽屋に行って、挨拶した。それだけよ。

間。

マルセル　誰と行ったの？

アルベルチーヌ　ああ、何人かでよ。

間。

マルセル　マドモワゼル・ヴァントゥイユは今日の午後ヴェルデュラン家に来ることになっていたのを君は知っていたね？

アルベルチーヌ　ああ、こうやって質問ばっか！（肩をすぼめて）ええ、知ってた。

マルセル　彼女にまた逢えるから、それが楽しみであそこに行きたかったわけじゃないと誓えるかい？

アルベルチーヌ　いいえ、誓えません。彼女にまた逢えたらすごく楽しかっただろうと思う。

マルセル　いいかい……今夜僕が聞いたところじゃ、マドモワゼル・ヴァントゥイユは……

アルベルチーヌ　嘘。そう、嘘。嘘だった。私は彼女と彼女の友達をよく知っていて、いつもお姉様と呼んでいると言ったのは嘘。でもあなたが私のこととってもつまらない女だと思ってるみたいだから、あの一家とヴァントゥイユの音楽を知ってるって言ったら、きっと私のことをよく思ってくれるに違いない、私をもっとおもしろい人間だと思ってくれるに違いないと思った。あなたに嘘をつくのは、いつもあなたを愛しているから！　本当のところ、あの人たちに会ったのはほんの二回くらい。あなたの賢い知り合いたちに囲まれて、私にはわからないことだらけだから、話を作るの。……私はお金もない……どうしようもなく貧しいし……

彼は彼女をじっと見ている。

マルセル　馬鹿なことを。僕がお金を持っている。君が望むなら、君が好きなときにいつでも、たとえばヴェルデュラン家の人たちを呼んでディナーパーティを開くことだって出来るんだ。

アルベルチーヌ　まあ！　ありがた迷惑。あんな退屈な人たちのためにディナーパーティ？（やさしくつぶやく）それより一度くらい私を一人にしてほしい。外出して自分を……

彼女は突然やめる。

マルセル　何だって？

アルベルチーヌ　何も……ヴェルデュラン家……ディナー。

マルセル　そうじゃない。何か他のことを言いかけていただろ。君が言うのをやめたんだ。なぜやめたの？
アルベルチーヌ　だって私の願いはよくないと思ったから。
マルセル　どんな願い？
アルベルチーヌ　ディナーパーティを開けるって話。
マルセル　君が嫌だっていったんじゃないか。
アルベルチーヌ　あなたがお金を持っているのを利用しちゃいけない。間違ってるもの。

間。

マルセル　君が言おうとしていたことがわからない。君が言ったこともよくわからない。君がしたいのは……
アルベルチーヌ　ああ、放っておいて！
マルセル　でもどうして？　なぜ君は途中でやめた……？
アルベルチーヌ　自分が何を言ってるのかわからなかったの。私が言おうとしたのは……昔誰かが言うのを聞いたことがあるの。それがどういうことかわからないけど、頭の中に入ってきて。何でもない。どういうつもりだったかわからない。

マルセルは困惑して彼女を見る。

マルセル　アルベルチーヌ、僕たちは別れるべきだ。君に出て行って欲しい。明日の朝一番に。

アルベルチーヌ　朝？

マルセル　僕たちは幸せだった。今や不幸だ。単純なことだ。

アルベルチーヌ　私は不幸じゃない。

マルセル　二度と僕に会わない方がいい。それが一番だ。

アルベルチーヌ　私が愛しているのはあなただけ。

マルセル　いつもベニスに行きたいと思っていたんだ。これから行くことにする。一人で。

沈黙。

マルセル　君は何度僕に嘘をついた？

間。

アルベルチーヌ　そう、ついさっきレアの話が出たときに言うべきだったけど、私は一度彼女と三週間の旅行に行った。まだあなたと知り合う前だったし、全く罪のないことだった。彼女もちゃんと振る舞っていたし。彼女は私のことが好きだったみたいだけど、娘みたいな感じ。あなたが嫌な気分になると思ったから言わなかっただけで、ほんとうに何もなかった。何も。誓うわ。

彼女は部屋を見回す。

アルベルチーヌ　二度とこの部屋を見られないなんて信じられない。あり得ない。

マルセル　ここにいては君が不幸になる。

アルベルチーヌ　いいえ。不幸になるのはこれから。

マルセル　どこに行くつもりだ？

アルベルチーヌ　わからない。考えないと。叔母さんの家かな、多分。間。

マルセル　僕らは……もう一度……もう数週間でもやり直した方がいいと思う？

アルベルチーヌ　ええ。そうしたい。

マルセル　もう数週間。

アルベルチーヌ　そう、そうすべきだと思う。

〈イメージ〉　子供が走って、フランソワーズを呼ぶ。

マルセルが動かず静かにしているところを、フランソワーズが見つける。

フランソワーズ　どうしたらよいかわからなかったんですよ。マドモワゼル・アルベルチーヌは私にトランクを出せって。朝の七時ですよ。あなたは眠っておられたし、起こしたくなかったんです。いつも起こすなって言われるから。あの方、出て行かれましたよ。もういません。

マルセル　それでよかったんだ。起こしてくれなくてよかった。

マルセルは息が苦しくなり始める。

〈イメージ〉　アルベルチーヌが鎧戸を開ける。

アルベルチーヌ　外の空気を吸わなきゃ。

〈イメージ〉　街にゲルマント公爵夫人の眼。
アカシア通りにオデットの眼。
コンブレーの寝室に母の眼。
マルセルの眼。

フランソワーズがマルセルに電報を手渡す。彼はそれを開けて読む。

マルセル　（彼女に電報を渡して）マドモワゼル・アルベルチーヌが死んだ。落馬事故。

〈イメージ〉　アルベルチーヌが髪の毛を下ろし、ゆっくりとガウンを脱ぐ。

マルセル　君は女性が好きだね、そうだろ？

アンドレ　ええ、そう。

マルセル　君はマドモワゼル・ヴァントゥイユを知っていた……そうだね？

アンドレ　いいえ、彼女は違う。彼女の友達の方よ。

間。

マルセル　僕は君を長年知っているし、もちろん君がアルベルチーヌと何をやってたかも知っている。

アンドレ　私はアルベルチーヌとは何もなかった。

二人は位置を替え、それぞれ反対の場所に現れる。

マルセル　君はとても魅力的だ。多分アルベルチーヌとやっていたことのお陰だろう。彼女の経験したことを知りたい。

アンドレ　無理よ。あなたは男でしょう。

間。

アンドレ　彼女はとても情熱的だった。昔あなたが早く帰ってきて階段のところで私と会ったでしょ。あなたはバイカウウツギの枝を持っていた。

マルセル　ああ、そうだった。

アンドレ　それでアルベルチーヌはバイカウウツギは嫌いって言った。彼女は走って部屋に入った。そして気分が悪くなったの。

マルセル　そうだった。

アンドレ　実はもう少しであなたは私たちがしていることを見つけるところだった。とっても危なかった。あなたがいつ帰ってくるかもわからないって知ってたけど、彼女はどうしても欲しかったの。我慢できなかった。だから彼女がバイカウツギの香りが嫌いなふりをしたわけ。覚えてるでしょ。彼女はドアの陰にいた。彼女がそう言ったのは、あなたを遠ざけて、彼女に付いた私の匂いを嗅がせないためだった。（笑う）アルベルチーヌはバイカウツギが好きなのに。

二人は位置を替える。

アンドレ　私にそう言って欲しかったんでしょ？　でも本当じゃないことは言わない。アルベルチーヌはああいう類のことを嫌っていた。誓って言う。アルベルチーヌとそういう類のことはしたことがないと誓える。

二人は位置を替える。

アンドレ　彼女とモレルはすぐにお互いを理解し合った。彼が彼女のために女の子を調達した。まず彼が女の子を口説いて、それから女の子が完全に彼に支配されると、アルベルチーヌに渡すの。そうして二人で一緒にその子を楽しむわけ。

間。

アンドレ　去年の夏、バルベックの温泉場でレアは何度も彼女とやったわ。昔バルベック近くの川の土手で、何人かのかなり若い洗濯女たちと彼女が一緒にいたときのことを覚えている。とてもかわいい女の子がいて、一人の女の子が、どんなことかは言えないけど、アルベルチーヌにあることをしてあげて、彼女が叫び声を上げていたわ。「ああ天国みたい、天国みたい」……草の上で、裸で震えてた。

二人は位置を替える。

アンドレ　アルベルチーヌについてこんな話をする人たちは、あなたに嘘をついているの。……わからないの？

マルセル　誰も僕に何の話もしなかった。

二人は位置を替える。

アンドレ　あなたが彼女を救って、結婚してくれるのを彼女は望んでいた。あなたを愛していた。心の底で、そういう欲望が罪深い愚かな行為だと感じていた。ひょっとすると、彼女は自殺したのかもしれない。絶望して。

鎧戸を通して明かりが光る。空襲のパリ。ホテルのドア。
蓄音機からラグが聞こえてくる。
ドアが開く。将校が出てくる。サン＝ルーだ。彼は一瞬たじろぐが、コートのボタンをかけ、大股で歩いて去る。

ホテルの内部。

マルセル　部屋を頼む、空襲が終わるまで。
支配人　かしこまりました。
マルセル　シャンパンを一本持ってきてくれるか。
支配人　はい、わかりました。

支配人は椅子へと案内する。マルセルは遠くにかかっている音楽に気づく。

支配人　他に何かご用意するものはございますか。

マルセルは振り返って煙で満たされた部屋を見る。明かりがぼんやりついている。二人の少年が一緒に踊っている。さいころ遊びをしている兵士たちもいる。

マルセル　（困惑して）いや。いや。ありがとう。

支配人　何か他のものがご入り用でしたら、お教えください。すぐにご用意させて頂きます。

ジュピアンが何ヤードかの重い鉄製の鎖を持って現れる。彼は汗をかいている。

ジュピアン　なんて重いんだ！　モーリス、これを片付けろ。

モーリスが鎖を持って行く。

ジュピアン　お前たちが怠け者じゃなかったら、俺が自分で取りに行く必要もなかったんだ。なんだってそんなところで立ってるんだ？　お前は一四Bで待ってる客がいるだろ？　すぐ動け。（男に）誰がご指名だ？かわいいパメラか？

シャルリュスが登場。

ジュピアン　今晩は、ムッシュ・バロン。（コートを受け取り、彼を椅子へと案内する。支配人に）男爵にお飲み物を持ってきなさい。あれはいかがでしょう、男爵？　牛乳屋なんです。（シャルリュスが飲み物に口を付ける）しかもベルヴィル*49で最も危ないごろつきです。

シャルリュス　彼でいいだろう。（五〇フランを手渡す）

ジュピアン　（叫んで）モーリス。四三号室だ。（支配人に）四三号室をすぐに用意しろ。

シャルリュスがモーリスと一緒に去る。

支配人はシャンパンを一本マルセルに持ってくる。

ジュピアンが新しい客に気づく。

ジュピアン　これは……ここでお目にかかるとは驚きです。

マルセル　空襲から逃れようと思って入ったんだ。

ジュピアン　ああ、そうですか……皆様、そのように仰ります。
マルセル　君がこのホテルの……所有者なのかい？
ジュピアン　ええ、でも私のことを誤解されないように。儲けはとても少ないんです。時にはまともな方にも部屋をお貸ししなければならないこともあります。ランニングコストがとても高くついて。設備、光熱費、賃金、などなど。いえ、おわかりでしょうが、このホテルは男爵のために手に入れたんです。年老いた彼を楽しませるためにね。私はあの方が好きです。あの若者たちと一緒に過ごすのを、男爵はとても楽しみにされてる。連中とよくカードをやってます。たとえば、モーリスですが、彼はごろつきじゃない。彼は優しい若者で、儲けた金の大部分を故郷の母親に送っています。

シャルリュス男爵が鎖に繋がれて入ってくる。

＊49　ベルヴィル　パリの東部、労働者が住む地区。

シャルリュス　話がある。
ジュピアン　大丈夫ですか、男爵？
シャルリュス　あの男は心がこもっとらん。最善を尽くしているのはわかるが、単純に彼はもの足りん。荒々しくないんだ。あれは本気じゃない、それがわかるんだ！　振りをしているだけではないか！
ジュピアン　（叫んで）モーリス！　ここに戻ってこい。
モーリス　はい、ムッシュ・ジュピアン。
ジュピアン　誠に申し訳ありません。こちらに肉屋の見習いがいます。こいつは先日生臭坊主をここで殺しかけました。いかがでしょう？
シャルリュス　その方が良さそうだ。
ジュピアン　ジュロ！　これを着て男爵と一緒に行け。
ジュロ　行けよ、上がるんだ。
シャルリュス　はい、はい、わかりました。

ジュロとシャルリュスが退場。

マルセル　これは何だ？

身体を曲げて戦功十字章を拾い上げる。
マルセルがジュピアンに戦功十字章を手渡す。

ジュピアン　これはこれは！　戦功十字章！
マルセル　持ち主に返してあげたら。
ジュピアン　はい、もちろんです。

ジルベルト　ロベールが死んだ二日後に、匿名で送られてきた箱があった。その中には戦功十字章が入っていた。何の説明も書いてなくて、他に何もなかった。パリの消印がついていた。おかしいでしょ？
マルセル　そうだね。
ジルベルト　私は彼を愛していた。でも私たちはだんだん不幸になっていた。

彼には他に女がいたのか、あるいは何人もいたのか、わからない。

マルセル　何人も女が？

ジルベルト　ええ。秘密の生活があったの。私に言うことはなかったけど、どうしようもなかったみたい。

マルセル　ひょっとするとそういうこともあったのかもしれないね。

ジルベルト　コンブレーでの子供時代を覚えている？

マルセル　あまりよくは。

ジルベルト　あなたには何の意味もないの？

マルセル　何も。みんな死んでしまった。もう何も覚えていない。

間。

マルセル　君を生け垣越しに見たのを覚えているよ。僕は君が好きだった。

ジルベルト　そうなの？　あの頃そう言ってくれたらよかったのに。私もあなたがいいなって思っていた。

マルセル　なんだって？

ジルベルト　あなたが欲しかった。もちろん、当時の私はおませだったと思うけど。当時よく男の子も女の子も一緒に、ルーサンヴィルの城跡の廃墟に行った。暗くなってからね。みんな悪ガキだったの。あなたにも来て欲しかったなあ。あの、生け垣越しの瞬間、どれだけあなたが欲しいか伝えようとしたけど、あなたはわかってなかった。

マルセル笑う。

ジルベルト　なぜ笑っているの？

マルセル　僕はわかってなかった。ほとんど何もわからなかった。他のことで頭がいっぱいだったんだ。正直言うと、僕は自分の人生を無駄に過ごした。

若い娘（一六歳ぐらい）が登場。

ジルベルト　ああ、あなた、マルセル、娘を紹介させて。マドモワゼル・サン

＝ルー。

サン＝ルー嬢が部屋を横切る。ヴァントゥイユ・ソナタの音。

マルセル　彼女はとても美しかった。まだ希望に満ち、笑いにあふれ、僕が失った歳月でできあがっていた。彼女は僕の若さだった。時間は彩りもなく理解もできないものだが、まるで時間を見て、時間に触れるかのように、時間がこの少女という形となって現れた。

すべての音が消える。
最初のイメージがゆっくりと再集合する。

マルセル　ゲルマント家のパーティに行く途中、二つの不揃いの敷石の上を歩いていた。ぼんやりと、僕の目の前にベニスが浮かんできた。運河とゴンドラ。かつてサン・マルコ寺院の洗礼堂にあった二枚の不揃いなタイルを踏んだときの感覚が蘇ってきた。紺碧のフレスコ画を思い出した。ウェイターが突然スプーンを皿にぶつけたときには、僕は列車の窓から見えた並木を思い出した。列車に乗っているような気がしたのは、鉄道員がハンマーで車輪を叩いて修理する音と、皿にぶつかるスプーンの音が極めて似ていたからだ。さらに僕は母と馬車に乗ったときのことも思い出す。馬車が角を曲がるとき、僕は突然たとえようもない特別な喜びを覚えた。夕陽が赤々と照らすマルタンヴィル*50の鐘をつるした二つの塔が目に入り、さらに三つ目の塔、すなわちヴィユヴィックの塔が目に入った。その三つ目の塔は、丘と谷によって隔てられてはいるが、遠くの高台に建てられていて、他の二つの塔と並んでいるように見えた。それからナプキンで口を拭くとすぐに、ウェイターが窓を開けビーチが目に飛び込んできた。ナプキンで青空が見えるのは、バルベックに到着した最初の日に顔を拭いたタオルが、ナプキンと同じかたさ、同じのり付けだったからだ。

*50 マルタンヴィル　原作「第一篇　スワン家の方へ　第一部　コンブレー」

庭の門の高い鈴の音。

マルセル　そして僕は思い出した
ユディメニルの木々
マルタンヴィルの鐘をつるした二つの塔
コンブレーのヴィヴォンヌ川[*51]
コンブレーの屋根
コンブレーの庭の夜
スワンが庭のゲートを開ける
絵画の黄色い小さな壁
フェルメールの『デルフトの眺望』

それが始まりだった

〈了〉

＊51　ヴィヴォンヌ川　原作第一巻。

訳者あとがき

原作マルセル・プルースト『失われた時を求めて』は、一九一三年から一九二七年にかけて刊行された全七篇の長編小説で、マルセル・プルーストのほぼ唯一の作品である。フランス語で三千ページ以上もあるこの小説の全貌を把握するのはかなりの難事業だが、これを映画化しようという試みがこれまで何度もなされてきた。

その中でも最も精力的だったのが、フランス人の女性プロデューサー、ニコール・ステファーヌだろう。一九六三年に彼女は映画化権を取得し、一九六九年に映画監督のルキノ・ヴィスコンティに話を持ちかけた。ヴィスコンティはスーゾ・チェッキ・ダミーコと共にシナリオを完成させる。その間ヴィスコンティは『地獄に堕ちた勇者ども』、『ベニスに死す』の撮影を終え、一九七一年にアメリカの映画会社ユナイテッド・アーティスツが『失われた時を求めて』を製作することで話がまとまり、ロケ地もほぼ決まった。

ヴィスコンティの構想では、マルセルにアラン・ドロン、モレルにヘルムート・バーガー、シャルリュス男爵にマーロン・ブランドまたはローレンス・オリヴィエ、ナポリ王妃にグレタ・ガルボというキャスティングであったという。

ヴィスコンティが『ルートヴィヒ』の撮影を先に済ませたいと言い出したことから、ユナイテッド・アーティスツ社との話は破談となる。この時点でニコール・ステファーヌはヴィスコンティを諦め、一九七二年に映画監督のジョセフ・ロージーに話を持ちかけた。ジョセフ・ロージーは赤狩りでハリウッドを追われ、イギリスに亡命した映画監督で、一九七〇年には『恋』でパルムドールを受賞している。この『恋』の他にも、『召使』『できごと』でロージー作品の脚本を担当していたのが後にノーベル文学賞を受賞するハロルド・ピンターである。ピンターは、当時はまだ『失われた時を求めて』の第一篇『スワン家の方へ』しか読んでいなかったというが、膨大なメモを取りながら三ヶ月間毎日この原作を読み続けた。読み終えたときにはこの大作をどう扱うか途方に暮れたというが、最初から彼は、この大作の一、二篇だけを取り上げるのではなく、この大作全体を、この作品の大きなテーマを、一つの統合した作品にまとめ上げるべきだと確信していたという。一九七三年にシナリオ『失われた時を求めて』を書き上げ、ロージーはロケハンも行った。しかし、上映時間がおよそ五時間程度、制作費二千万ドル以上かかることから、資金調達の目処が立たず、この企画も実現しなかったが、このピンター版のシナリオは一九七七年に出版され、そのはしがきには、『失われた時を求めて』はそれまでの人生で最高の仕事をした年月であったと書かれている。

小説を読んだことがない人でも、『失われた時を求めて』と言えば、紅茶に浸したプチット・マドレーヌを思い浮かべるかもしれないが、ピンター版のシナリオには登場しない。あるいは小説では語り手の名前ははっきりしないが、ピンター版では『マルセル』となっている。また、ヴィスコンティ版と比較しても、セリフは必ずしも原作に忠実ではない。こうした点を見れば、小説『失われた時を求めて』の重要な要素が抜けていると感じる人もいるかもしれない。しかし、ヴィスコンティ版ではなかったマルセルとジルベルトの関係などもピンター版にははっきりと描かれており、全体としてはピンターの最初の目論見通り、プルーストが提示した大きなテーマが一つの作品に統合されていると言えるだろう。

時を経て、そのピンター版のシナリオを、舞台演出家のダイ・トレヴィスが戯曲化した。映画と舞台の違いもあり、ヴィジュアル的な映像を示す記述は大幅に削除されているが、ほとんどのセリフはピンター版のまま使われており、トレヴィスの仕事はピンター版にかなり忠実だったと言える。

舞台版『失われた時を求めて』は、ナショナルシアターのコテスロー劇場で二〇〇〇年十一月に初演され、二〇〇一年二月からは大ホールのオリビエ劇場で同年四月まで上演された。上演時間は三時間半を超えたが、その豪華絢爛たる舞台は大好評であった。

私もこの舞台に魅了された一人である。観劇後すぐに台本を入手して翻訳し、拙訳を抱えて何人もの日本の有名な演出家に見せて回り、上演を持ちかけた。中には興味を抱いてくださる演出家もいらしたが、資金繰りなどなかなかうまくいかず、実現には至らなかった。その中でも最も興味を持って頂いたのは文学座の演出家高瀬久男さんであったが、残念ながら二〇一五年に五七歳で逝去され、もはや叶わぬ夢となった。

そういうわけでこの作品は今日まで日本未上演のままだが、せめて日本の読者にご高覧頂ければ幸いである。

さて、映画化権を取っていたニコール・ステファーヌは、契約期限の最後にあたる一九八四年に『スワンの恋』を製作した。脚本はピーター・ブルックとジャン＝クロード・カリエール、監督はフォルカー・シュレンドルフが担当し、アラン・ドロンが出演した。ヴィスコンティ版ではマルセル役の予定だったアラン・ドロンが、この『スワンの恋』ではシャルリュス男爵役になっていたことが、時の流れを感じさせ、本作にふさわしく思われた。

原作：マルセル・プルースト（1871—1922）
医学博士のフランス人の父と古典文学を愛好するユダヤ人の母の裕福な一家に生まれ、10歳からぜんそくの持病を抱え、ほとんど職を持たずに暮らした。実質上ほぼ唯一の作品である『失われた時を求めて』は3000ページ以上に及ぶ大作で、20世紀最高の小説とも言われている。

脚色：ハロルド・ピンター（1930—2008）
イギリスの劇作家・詩人。『管理人』『帰郷』『背信』など多数。作中で現実と非現実、過去と現在が交錯する不条理劇の巨匠と言われている。映画監督ジョセフ・ロージーの脚本も担当した。2005年にノーベル文学賞を受賞。NATOによるユーゴスラビア空爆や、アメリカによるアフガニスタン空爆にも抗議した平和主義者。

脚色：ダイ・トレヴィス（1947—）
イギリスの演出家・女優。ロイヤル・ナショナル・シアターの他、ロイヤル・シェイクスピア・カンパニーや、アメリカでも多くの演出作品がある。自伝『Being a Director: A Life in Theatre』が2011年に出版された。

訳者プロフィール
霜 康司（しも やすし）

劇作家、翻訳家、英語講師。PRODIGY 英語研究所主宰。

国際演劇評論家協会（AICT）・日本劇作家協会会員。駿台予備学校英語科講師。

〈受賞歴〉

平成17年度文化庁舞台芸術創作奨励賞・第10回「シアター・アーツ賞」・第19回「名古屋文化振興賞」佳作受賞。

〈著書／作品〉

『システム英単語』『システム英語長文頻出問題』（以上は駿台文庫)、『アップグレード英文法・語法問題』（数研出版)、他多数。

翻訳：『トーキング・トウ・テロリスト』Robin Soans 著（あうるすぽっと)、『息をひそめて〜シリア革命の真実』Zoe Lafferty 著（赤坂レッドシアター)、他。

戯曲：『白雲を望む』（青年座劇場)、『帰り花』（青年座劇場)、他。

戯曲　失われた時を求めて

2020年 6 月15日　初版第 1 刷発行

訳　者　霜 康司
発行者　瓜谷 綱延
発行所　株式会社文芸社
〒160-0022　東京都新宿区新宿1－10－1
電話　03-5369-3060（代表）
03-5369-2299（販売）

印刷所　株式会社エーヴィスシステムズ

ISBN978-4-286-20551-9